買収者《アクワイアラー》

牛島 信

幻冬舎文庫

買収者《アクワイアラー》

1

「起立！」

いつもの廷吏の声が東京地方裁判所、第六五五号法廷に響く。

平成十二年三月二十七日午前十時。第七十七民事部の弁論期日の開始だ。地方裁判所は民事と刑事に分かれていて、それぞれに第一、第二と番号が付された部がたくさんある。

私が今日この六五五号法廷にいるのは、昨年から係属しているある訴訟事件のためだった。

裁判官は一人で、五十三歳の私よりも二十期も若い。もっとも、年齢からいうとどうなのかは、はっきりしない。たぶんこの裁判官はエリートらしいから、若くして司法試験に受かった人なのだろう。そうだとすれば、実際の年齢差はもう少し大きなものになる。童顔《ベビー・フェイス》で中学生くらいにしか見えないが、いくらなんでも三十は超えているはずだ。

私は法廷に来ることを、好んでいる。それは、訴訟の中身のためでも、証人尋問の苛烈さ、といったことのためでもない。私は、弁護士になって三十年近くになる。最近では所属弁護士の数が三十人を優に超える、日本の標準からいうと、大きな法律事務所の創業者として通っている。弁護士というのは、ただでさえ「先生」と呼ばれて、理由もないのに、人々に奉られてしまうことが多い職業だ。実のところ敬遠されているだけのことであっても、ふっと油断していると自分でもそんな気分になってしまうことになりかねない。それで、何かの折に素っ気ない態度を相手がとったりすると、仕事と関係のない些細《ささい》なことであっても、ひどく腹が立ってしまったりするのだ。ところが、そういうふうに自分で勝手に世間ずれしてしまっていても、実は世の中はこの私のためにできているわけではない、という自明の理を改めて正面から私に教えてくれるのが、この場所だ。

この場所では私はいつでも、一兵卒だ。自分に今あるだけの知識と能力で、精一杯裁判官を説得し、相手に諦《あきら》めさせるように努めるしかない、ここはそういう場所だ。

そして、しょせん自分が世の中の一兵卒でしかありえない以上、そうした真実を面と向かって突きつけられることは、大切なことなのだ。

会社という大きな組織のトップの中には、わが身を外の白兵戦の場に晒《さら》すことから離れて久しくなっている人がいるものだ。そういう人は、会社の中の自分の部屋に部下を呼んで、その部下に命じて取引相手との交渉の報告を聞き、指示を出し、製品の開発をさせ、数字のチェックをする。時には自分の部屋の外へ出て、会社の代表者として晴れがましい席に出ることもあるのだろうが、しかし、そうしたトップが舞いを舞う舞台は、もうすべての準備が整えられているところなのだ。戦うとしても、地べたの上の白兵戦ではなく、エアコンのきいた地下の作戦司令室でモニターの画面を眺めながら指揮をするということだ。

しかし、人間は、誰もが人生において一兵卒でしかありえないのではあるまいか。一度限りの人生を、偶然生まれ落ちた場所で懸命に生きて、そして結局のところ、どう生きたとしても、死んでいく定めなのだ。


「では、本日付準備書面の通り、陳述ということでいいですね」

裁判官の声が聞こえた。隣に座っている辻田美和子《つじたみわこ》弁護士が口を私の耳元に近づけて囁《ささや》く。

「先生、ここ、駄目なんですよ。相手方からは約束の期日までに書面が出ていないんですから」

「うん、わかってる。相手の方からチャンスを恵んでくれたようなものさ」

私は辻田弁護士の小さくて形のいい耳に囁き返した。前回、裁判官から双方に対して、次回の一週間前までに主張を要約した書面を提出するように、との指示があり、双方とも承諾していたのだ。私たちの方は、裁判所との約束だから、果たした。しかし、相手方からは今日、この場になって初めて書面が提出されている。

私は立ち上がった。

「ええ、裁判長、前回のご指示は、次回、すなわち今日の一週間前までに、双方とも書面を提出せよ、ということでありました。ですから、私どもは、先週の月曜日までに当方の準備書面を提出しております。同日付けで相手方にもファックスしてあります。

ところが、相手方の書面は本日、それもつい先ほど提出されたものです。時間的にみて、私どもの書面を参照して作成されたものに間違いありません。

従いまして、私どもは、本日、従前提出していた書面の陳述は留保したい、と思います。本日提出の相手方書面を詳細に検討したうえで、改めて新しい内容のものを提出します」

もとより、私がそういったところで、裁判所がこちらの言い分を聞いてくれるだろうとは考えてない。問題はそんなことではなかった。そもそもの相手の言い分、この取引を取締役会で承認する、しないについては、定められた手続きに従ってきちんと手順を踏んでやった、という主張が、実は相手の口先だけの弁解だ、という雰囲気を作り出しておきたかったのだ。

「被告は、れっきとした東証一部上場の公開会社であります昭和物流機械製造株式会社の代表取締役社長の役職にある方ですよ。それが、裁判所の指示に従うことができない、裁判所と約束したことが守れない、なんていうことが許されますか。個人の趣味の話、盆栽の枝ぶりの話をしているのではないんですよ、会社の経営が妥当に行われたか、取締役として適切に対処したか、という話で裁判所に審理をお願いしているんです。この訴訟は株主代表訴訟です。一株主でありながら、会社全体のためを思ってやっているんです。少しは真面目に取り組むように、裁判所からも本人にいってやってください」

最後には、相手方の弁護士のせいだとは夢にも思っていない、というニュアンスを言外に込めた。これで、裁判官も、社会的には上場会社のトップという高い地位にある被告が、あまり司法への尊敬心を持っていないという印象を持つに違いない。だが、相手の弁護士もなかなかのものだった。

「個人の趣味だとか盆栽だとかというのは、いささか言葉が過ぎませんか。今回の準備書面の提出が遅れましたことにつきましては、誠に申しわけなく思っております。ただ、ひとこと申し上げますが、これはもっぱら私が風邪をひきましたためでして、本人のせいではまったくありません。本人は、不当な訴えを受けていることには大いに憤慨しておりますが、しかし、裁判所での審理には全面的に協力させていただくという姿勢で一貫しております」

「まあ、その辺でいいでしょう、先生。体に気をつけられ、風邪をひかれないようにして、次回から期限を守ってください。参加人代理人も、もうそのくらいでいいでしょう」

裁判官からこういわれれば、引き時だ。私はもう一度静かに立ち上がると黙って頭を下げた。

私の左隣には、昭和物流機械製造株式会社の監査役を代理している弁護士がいたが、ひとことも発しない。

今日の期日はこれで終わりだった。

事務所に戻ると、机の上に水色の小さなメモ用紙が七、八枚、左から時間順にきれいに横一線に並べられていた。たった一時間の不在の間の電話だ。中身もそのままに、鞄を机の横に放り出すと、左端の一枚から目を走らせる。それが終わると、後ろのモニターを覗《のぞ》き込む。そこにもいくつかのメッセージが入っていた。さいわい、急いで処理しなくてはならないものはなかった。秘書に紅茶を頼むと机の横の「IN BOX」と書かれた、蓋《ふた》なしの浅い箱の中に積まれた書類を机の上に移して、上から順にパラパラと見ていく。

五分後、鞄の中身を外に出して、今度は「OUT BOX」の中に積み重ねながら、改めて先ほどの裁判所でのやりとりを思い出してみる。

確かに、被告である社長らはこの訴訟の現状に当惑しはじめている。今日は、そう強く感じた。

昭和物流機械製造株式会社、通称「昭物」は、明治時代に創業された、もともとは織物のための織機を造る会社で、広く内外にその技術の高さを知られてはいたが、ちょっとした機械工場の域を大きく出るような会社ではなかった。それが今では会社の規模が巨大というのではないが卓越した技術力を誇っていて、世界的にみても対等に競争する力のある会社は見当たらないほどの優良会社になっていた。年間一千億足らずの売り上げの半分を輸出で、もう半分を国内での販売で稼いでいる。利益も年に百億以上をコンスタントに出していた。売り上げの七割、利益の九割以上が物流機械それも倉庫の内外で使われる機械設備からのものだ。

その昭物が織機製造専業から物流機械の製造へ進路を変更していく過程をリードしたのが、栗山大三《くりやまだいぞう》という人物だった。「昭物の栗山」といえば、この業界の人間なら世界中知らない者はない。大学の文科系の学部を出ていながら、三十四歳で当時の社長の秘書になって海外への出張の機会に恵まれると、訪問先の海外の有力企業の技術者の中に飛び込んで得意の英語で議論をしてまわり、昭物に物流機械の製造という新しい可能性を持ち込んだのだ。海外出張から帰るごとに、自分で器用に図面を引いて織機の技術者たちに示す栗山の姿が、昭物の工場の片隅にあった。そうやって、海の向こうにある技術をまだ生温かいような夢とともに持ち帰って、織機のことしか知らない技術者たちの間に、織機とはまったく別の分野への興味をかき立てたのだ。

昭和四十八年の石油ショックが昭物の大きな飛躍の始まりだった。織機の販売が不振を極め、当時のトップはすっかり自信をなくしてしまった。そんなとき、すでに経営企画室の室長としてトップのブレーンになっていた栗山が、何人かの技術者と造っていた物流機械の製造のアイディアを具体化して、会社を救ったのだ。

その結果、昭和六十年ごろには昭物は、今の物流機械の製造分野で世界のトップ・リーダーとしての地位を築き上げていた。東京証券取引所への上場を果たし、さほどの時間をおかずに第二部から第一部への昇格も遂げていた。

そのころには、誰もが、昭物が次に何をするのか、昭物というより栗山大三がどんな新しい分野に目を向けるのかに注目していた。一部上場会社となったころ、栗山はまだ五十歳そこそこだったが、もう押しも押されもしない、昭物の実力社長だった。いちおう形だけ前の社長が会長という肩書を持っていたが、栗山が昭物のすべてを支配していることは、社の内外で誰も疑う者がなかった。

ところが、社長になった栗山は次の手をなかなか打とうとしなかった。

それどころか、栗山は急速に仕事を部下に任せるようになっていった。部下に任せて、空いたその時間に、栗山は業界の世話役としての活動を始めた。それだけではなかった。栗山は、俳句をひねりはじめた。本人はけっこう真剣に句作に打ち込んでいて、そのうちに栗山の俳句の趣味は少なくとも経済界では多少とも知られるようになっていき、入れかわるように昭物の次の戦略が話題にされることはなくなっていった。

物流機械という、消費者の目に触れることのない製品の性質から、栗山の名はさほど世間に知られてはいない。昭物のコマーシャルがテレビで流れたり、新聞を飾ったりすることもない。ふだんあまりビジネスに縁のない裁判官からみれば、あるいは何かの折に新聞で彼の名前を目にしたことはあっても、特に関心を払うことはないだろう。といっても、昭物が東京証券取引所第一部に上場していることはまぎれもないから、「一部上場企業の実力者」という程度には、裁判官の信頼をかちえるかもしれない。それが私がこの事件の依頼を受けたときに気にしたことの一つだった。新聞に名前の出る人ならば、裁判官というものは、社会的に相当の信用のある人だという先入観を持ちがちなものだ。そうしたことは、一見不当なようにみえる。だが、裁判というものが、結局のところ裁判官の心情の問題に帰着するとすれば、それもまた与件の一つと考えるほかないのだ。それに、こうした傾向も、ここ何年かの巨大企業や銀行、そして官僚たちの不祥事で神通力がなくなってしまっているというのが、最近私の実感するところだった。

それにしてもこの事件には、異常なところが多かった。

第一、この私の事件へのかかわり方からしてそうだ。

2

首都産業の長野満《ながのみつる》社主から電話をもらうことは、めずらしいというほどのことではない。

しかし、のっけから本人が出てきて、

「先生、ちょっと頼みがあるんだ、聞いてくれるかな」

といわれたのは、初めてのことだった。

ちょうどそのころ私は、ある日本の会社の事業を香港の会社が買い取る話に忙殺されていた。受話器を取ったときも、買い取りを営業譲渡でやるか合併でやるか、という問題について、私の机の前に座った若い弁護士と議論の真っ最中だった。

長野へおうむ返しに、

「ええ、もちろんです」

と答えてから、

「ところで、お急ぎですか？」

と尋ねた。

こう聞くとたいていは「できるだけ早い方がいい」とか、「まあ、来週中くらいには」とかいう声が返ってくるものだ。ところが、そのときは違った。

「いやあ、先生、申しわけないが、とても急いでるんだ。今からすぐに会っていただきたい。どうですか、昼は空いていませんか」

長野は、いつもの磊落《らいらく》な調子とは違って、本当に切羽詰まっているようだった。そして、

「個人的なことでね、どうしても先生の力を貸してほしいんだ」

と続けた。

どこかうれしい調子が混じっているのを、訝《いぶか》しく感じつつも、すぐに手帳を繰った。その日の昼は、親しいゴルフ場のオーナーとの月一度の定例のランチの予定があるだけで、それも特に仕事の話は予定していなかった。彼なら、私の仕事の都合で直前に断りを入れても構わない仲だ。

「わかりました。先約はキャンセルします」

それでも、悲しい習性で、自分がそういう無理をして相手の時間に合わせているのだと口にせずにおれない。

指定の場所は、いつもの長野の会社の施設ではなかった。私がその元赤坂にある料理屋に時間通りに到着すると、もう長野が部屋で待っていると告げられた。私が案内を待たずに襖《ふすま》を開けて部屋に入ると、長野が目の前の畳の上で座り直す。少し薄くなった白髪を頭全体に

ていねいに撫《な》でつけ、細身の体に濃い紺のスーツとブルーのワイシャツ、そこに大柄な、流れるような模様の赤いネクタイをしめていた。年間売り上げ二兆円の企業グループを創設したほどの男であり、十二万人の従業員の上に君臨しながらも、そして経営者の団体である日本経営者協議会（日経協）の副会長まで務めていながらも、いつも謙虚な物腰を崩さない男だ。

ビジネスの世界における長野の存在は、世間に知れ渡っている。それに長野は、日本でも指折りの金持ちの一人だ。二十代に創業した首都産業という会社がグループの中心だったが、デパート、ホテル、遊園地、宅配運送、貸しビデオ・チェーン、建設、工作機械の製造など、さまざまな業種に、いっけん何の脈絡もなく事業が広がっている。グループ企業百五十社のうち十を超える数の会社が上場していたが、中心は相変わらずデパートを中心とした首都産業で、ここは上場していない。

長野の秘密主義は有名で、首都産業の株主が誰であるのか、ということすらも知っているのは内部でもごく一部の人間だけだった。そして、上場会社の株を保有する中心になっているのは、この首都産業ではなく、ホテルの会社である株式会社バロン・ホテルなのだ。そのバロン・ホテルも究極的なオーナーは長野だ。

長野の個人資産は二兆円といわれている。といっても、彼自身、自分の資産の全貌を把握してはいない。第一、五パーセント違えばそれだけで一千億円からの増減になるのだ。

私が、ゼロがたった十二個だけ並ぶということの物凄《ものすご》さを実感したのは、長野がレンブラントの絵を所蔵している話が彼の部下から出たときだった。部下の男は「レンブラントの絵なんて、我々みたいな者がお目にかかるのはヨーロッパやアメリカの美術館でなきゃ特別の展覧会くらいですよね。ところが、社主ときたら、自宅の倉庫に何枚も立てかけておいているんですからね。壁に麗々《れいれい》しく飾ってあるんじゃないんです、ただ、何十枚という絵と一緒に、ほら、よくポスターとか印刷の複製名画をビニールの大きな袋に入れてお店で売ってるでしょう、ああいう具合なんですよ」といって自慢した。私には、どうして自分の働いているる会社のオーナーが金持ちであることが、その男にとってプラスの価値なのか不思議でならなかったが、いわれたことの印象は強く残った。そして、密《ひそ》かに計算してみたのだ。一千万円の資産を持った人間の二十万倍も資産があるということは、たとえば億ションが、彼にとっては五百円でしかない、ということだった。高級車でも二十五円ということになる。なるほど、レンブラント一枚が二十億したところで、そういう換算をしてみればただの一万円にすぎないのだ。気が遠くなるようだった。

長野のビジネスマンとしての履歴は、そのグループ会社の一種無秩序とも表現しうるほどの多様性と表裏をなしていた。

長野には、仕事の上での競争者は別として、立志伝中の人物にありがちな敵が少ない。グループの会社も、多くは自分がその時々の興味に駆られて始めたもので、他人が始めた会社を長野が肩がわりすることもあったが、そういうときというのは、常にその会社の創業者と銀行とが揃《そろ》って、長野が乗り出すことを懇願してから後のことなのだ。そして、長野は、元の経営者に、「従業員のために」といって早い段階での退陣を促す。その代償として、その元の経営者は、なにがしかの将来の生活の資を手元に保つことができる。ただし、退陣は徹底していなくてはならない。そうした会社が再び立ち直っても、元の経営者がそのことについてコメントすることすら、長野は毛嫌いした。

私は手元のお茶を啜《すす》る間ももどかしく、長野の話を聞いた。長野の結婚話、それも複雑な因縁話だった。

長野が独身で、つい最近亡くなった老齢の母親と長い間二人きりで住んでいたことくらいは、私も知っていた。長野の独身主義はビジネスの世界では知らない者はいない。それだけではない。長野には、実は隠し子が一人いるのだ、ということも何年かに一度、三流の情報誌で決まったように話題になる。

バブル華やかなりしころに、ある著名な女優がその贅沢《ぜいたく》な暮らしぶりを写真週刊誌に取り上げられたことがあった。地下に温水プールまで備えた自宅の写真に加えて、何着ものミンクやロシアン・セーブルの毛皮のコートを吊るしたワードローブの前で嫣然《えんぜん》と微笑《ほほえ》む美女の写真に、ふと不審に思った時の国税徴収庁長官が彼女の申告所得を調べさせた。その結果、それが一千万円の申告所得額に一度も達したことがないとわかると、長官殿は怒り心頭に発して徹底的な調査を命じ、その結果、彼女は膨大な追徴金を食らう羽目になってしまった。そのことがキッカケになって、彼女は未婚の母で、その一人息子の父親が長野だ、ということまでが続報として報じられたりもした。記事の中で、長野は会社の広報を通じて、コメントすること自体を拒否していた。

長野の結婚の話というのは、長野が独身を貫く原因になった女性と一緒になることができそうなので、私に手伝ってほしい、ということだった。六十二歳になる女性だという。

その相手の名は栗山英子《えいこ》だと長野はいった。

「栗山？　あの昭物の栗山大三の？」

私は、思わずそう聞いた。長野は、声を出さず、大きく頷《うなず》いた。その顔の中で、唇が強く左右に引かれている。

「私と栗山は昭物で先輩と後輩でね。彼の五年後に私が昭物に入社して、私はその五年後に辞めて、今の首都産業を始めたんだ。

その栗山の下で働いた五年の間に、私は栗山にひどく可愛《かわい》がられたんだよ。若い独身社員同士、同じ独身寮ってわけで、毎日のように彼の部屋に入り浸っていたんだ。口の悪い同僚の中には、私のことを栗山のお稚児さんだなんていう奴もいたりしてね。

今は栗山が七十歳、私が六十五歳だけど、四十二年前には、栗山が二十八歳、私は二十三歳だった。昭和三十三年だから、高度成長の始まったころのことだな。で、私が入社して三年経《た》って栗山は英子さんと結婚したんだけど、新婚用の社宅が独身寮と同じ敷地の中にあったんで、相変わらず毎日のように会社から二人して一緒に彼の家に戻ると、風呂を浴びては夕食を食べてから、遅くまで話し込んでいたなあ。まるで三人家族みたいだった。

もう三十九年と八カ月も前の話さ」

四十年前、私が中学生のころの話だ。そのころ、私にも子供ながら心をときめかした同級生の女の子がいた。二人ともほんの十三歳くらいだったが、十三歳の少年にとっての女性は、同じ十三歳の少女なのだ。ノートの隅っこに小さなメッセージを書いて切り取って畳むと、他人に見つからないように教室ですれ違いざまに相手の手の中に握らせる。そして、通学の路面電車の途中の駅で二人とも降りて、一緒に歩いて帰るのだ。故郷の街の大きな川にかかった、木造の細くて長い橋を並んで歩いたりした。私にも私の四十年が経った。今の私には、二十歳の女性も四十歳の女性も同じように若く見える。

それにしても、長野は「八カ月」という端数まで諳《そら》んじていた。

「で、昭物の栗山氏は、奥さんと別れるっていうことを承知しているんですか？」

私がそう尋ねると、

「いや、本人はまだ知らない。それに、栗山本人は別れたくないだろう。勲章が待ってるからな」

そういうと、目をつぶって口を閉じた。

私からは声をかけられないような雰囲気があった。

しばらくして、

「私は我慢していた。英子さんと初めて会ってからの二年間、地獄と天国の間をシャトルのように往復しながら、私は何もしないでいた。

不思議だね、先生。会った途端に『この女の人しかいない！』って思う。思ってから、その女性が最も尊敬する先輩の奥さんだってことに改めて気づかされる。正確にいうと、まだ奥さんじゃなかったな、初めて彼女に会ったときには。許婚者《フィアンセ》だった。

人生で一番幸せなときのはずなのに、寂しそうな目をしているのが気になった。ふっくらとした両の頰の間に小さな鼻があって、その鼻と対照的に大きな目が、少し怯《おび》えたようで、竦《すく》んでいるような印象を感じさせた。『あれ、変だな、この人、あんまり結婚がうれしくないのかな』と思ったのが記憶に強く残っている。

　でも、私にしてみりゃ、辛《つら》い話じゃないか。

　夕ご飯を栗山のところで御馳走《ごちそう》になる。夜が近づくと私は彼の家を出ていかなきゃならんわけだ。その家の中でこれから何が起こるのか、と考えると気が狂いそうだった。

　それで、私がしばらく栗山の家に近づかないでいると、会社で栗山が屈託なくいう。

『おい、どうしたんだい。英子がえらく寂しがっているぞ。まったく、あいつはお前なしには一日も夜が明けないのか、長野さんどうされたのかしら、ってたいへんなんだ。な、俺のためだと思って、今晩ウチに寄ってくれ。俺は遅くなるが、すまんけど、あいつの作る夕飯、食べてってくれよ』

　行ったさ。顔が見たい一心ってやつだ。

　その日、栗山は夜中の十二時を過ぎても帰ってこない。英子さんに聞けば、最近はずっとそうだという。栗山は、誰と話しても相手の気持ちを逸《そ》らさない、楽天的な性格っていうのか、女性に好かれるタチなんだ。顔はあんなだけど、それでも水商売の女性によく惚《ほ》れられて、次々に相手を替えていた。

　それから、何回か、栗山のいない家で英子さんと二人で彼女の作った夕食を食べた。真夜中になって、英子さんと二人で楽しげに笑い合っているところへ栗山が帰ってくることもあったな。そんなときには、栗山は上機嫌で話に入ってくるのさ。それから栗山は私を放さない。なに、英子さんと二人きりになるのが気まずかっただけだったのさ。

私のせいではない。栗山が、そんな具合に英子さんをひどく扱っていたからだ。あのころ、結婚してすぐにできた長女がいたのに、栗山には英子さんとの生活をまともに続けていくような気持ちがあるとは思えなかった。そういうことが最初にあって、私と英子さんのことは、その後のことだ。それだって、何も隠さなきゃならんことはない、栗山は疑っていたかもしれないが。

私は、英子さんに『好きだ』といった。そして、栗山と別れて、自分と一緒になってくれるように頼んだ。

英子さんは、栗山さえ『いい』といってくれるなら、と返事してくれた。あのころの女はそうしたものだ。私は勇んで栗山にいったね。そしたら栗山の奴、なんていったと思う。今でもハッキリと覚えている。

『いいさ。英子はお前にやるよ。しかし、それにしても、あんなエーテルみたいな女のどこがいいんだ、お前も物好きだな』」

私は、目の前で長野が一人で話しつづけるのに任せていた。「エーテルのような女？　つまり、そこいらじゅうに満ち満ちているもの、空気のようなもので、取り柄のない女だという意味なのか？」と訝しく思ったが、それも尋ねなかった。

長野は、何かに取りつかれているかのように話しつづけた。

「呆気なくって、拍子抜けしたくらいだった。栗山が承知してくれたんだ。私は誰彼かまわず抱きつきたい気分だった。

それなのに、あの男、私があまりうれしそうな顔をしていたんで、心変わりしたんだ。翌日、会社で仕事の合間に、何気ない調子で『あ、昨日のこと、なかったことにしてくれ』といった。嫉妬《しっと》だ。自分の妻を奪って、幸せになろうとする男への、どうしようもない嫉妬。それで、私は英子さんに栗山のところから飛び出してくるように、一緒に駆け落ちしてくれるように話したのさ。

二人でどうやって別の家を探して、荷物を運ぶか、って細かい相談をした。社宅にいるってわけにはいかないし、赤ん坊もいたからね。

そうやって、二人で駆け落ちの話をしていると、ふっと英子さんが『こういうことって、話しているときが一番いいときなのかもしれないわね』といった。たぶん、彼女は自分の体の変調を感じはじめていたんだろうな。

そのすぐ後に、英子さんから妊娠していると告げられた。栗山の子だ。『構わない』って、私はいったよ。でも、英子さんは、栗山が態度を変えて『別れることは許さない』といいはじめていたこともあってか、お腹にできた子供のことを考えると、どうしても踏みきれない、といって泣くばかりだった。

何度も説得した。このまま英子さんが栗山と一緒にいては、上の女の子と生まれてくる子、それに英子さんと私と四人が不幸になる。我々が一緒になれば、不幸になるのは栗山一人だけだと、単純な算術みたいなこともいってみたよ。でも、彼女は涙を流すばかりで、動こうとしなかった。

どうして自分の気持ちが英子さんに通じないのか、私にはわからなかった。私にわかったのは、何があっても彼女は変わらない、っていう事実だった。

彼女が変わらないと理解したとき、会社を辞めようと決心した。人生のすべてをやり直したい、そう思ってのことだった。

辞めて、私は首都産業を興した。

私は栗山に最後にいった。

『英子さんを幸せにすると約束してくれ。もし英子さんが幸せでなかったら、あなたが英子さんを虐待するようなら、僕は白髪になるまで英子さんを争ってもいい』

今やご覧の通りの白髪頭さ。そして、栗山は英子さんを虐待している。今度が、人生で最後の機会だとわかっている。

先生、おかしいかな、こんな年寄りがこんなことをいうのは。しかし、私は真剣なんだ。自分の人生について真剣でない奴がいるものか。だから、先生にどうしても頼みたい。『いえ、私は離婚関係の事件は扱いません』なんて、先生、この私にいうなよ。私にいわせりゃ裁判はどれも同じだ。勝てる弁護士を頼んだほうが勝つ」

目の前の長野は、白髪頭どころか、皺《しわ》が目の回りにも口の回りにも深く刻まれている。頬の肉は顎にかけて垂れ下がりはじめていて、人生の黄昏時《たそがれどき》に一歩も二歩も入り込んでいるのがわかる。そうした老人が、女性への生々しい執着を語って倦《う》まない。唾《つば》を飛ばしながら、ときには思いに沈むように沈黙を挟みながら、しかし、その間、強い目の光だけは変わらないで私の頭の向こう側にあるものを見つめていた。そして、私の頭の向こう側にあるものとは、その栗山英子という女性の四十年前の姿に相違なかった。

私が黙っていると、不承知と取ったのか、突然長野は座布団を外して座卓の外側に座り直し、ガバッと両手を畳について、その左右の指先の間に頭を畳に触れんばかりに埋めた。頭頂部の白い髪の毛が薄くなってその下の地肌が薄赤く輝いている。

「先生、この通りだ。私の一生に一度の頼みを聞いてください、お願いします」

長野は本気だった。というよりも、鬼気迫る、という表現がふさわしかった。私が慌てて自分も同じように座布団を横へ押しやってから頭を下げて承知した旨をいうと、長野は初めて安心したとでもいうように大きく息をつくと元の席に戻り、音を立てて茶を啜った。

栗山大三の長男が長野の情報源だった。栗山は、義理の甥を養子にしたうえで自分の作り上げた会社を継がせていて、長男には会社でのポストを与えていない。この長男というのが、栗山英子が、長野との駆け落ちを諦めた原因となった子供だった。子供のころから学校の成績が良く、大学もさほど苦労することなくT大の経済学部に入学したほどだったが、栗山はどうしてもこの長男に心を開くことがなかったという。撫で肩の、青白い姿形が自分に似ても似つかない、と容貌魁偉《ようぼうかいい》といった趣のある栗山は、ときに漏らしていたという。

私は、ほう、と声に出さずにため息をついた。撫で肩で青白い、というのは、ゴルフ焼けをしているのでわかりにくくなっているが、私の前にいる長野の特徴だったのだ。

その長男によれば、最近、母親、つまり栗山の妻である英子が栗山に自分との間以外に子供がいる、と知ったということだった。なんでも、英子が栗山の書斎を掃除していて、少年の書いた父親宛《あて》の手紙を偶然見つけたのだという。その手紙には、自分の父親への子供らしい、何の疑いの影もない信頼と尊敬の言葉が書き連ねられていたという。英子にとっては、青天の霹靂《へきれき》だった。

それまでも、夫が家庭の外で何人かの女性たちとごく親しい関係にあることには気づいていた。そんなことは、結婚の翌日からだったといってもいい。しかし、妻から見ていると、女性は粋筋《いきすじ》の人たちに限られているように見えたうえ次々に替わっている様子だったし、昭和十年代生まれの女性、それも何の職業的な能力も持たない女性にとっては、その先を詮索《せんさく》することすら空恐ろしいことだった。夫は、不機嫌に帰宅し、たまに自宅で夕食をとるときには、ルーティンの仕事でも片づけるように無言で食事を終え、一人で妻の用意した風呂に入って、自分一人の書斎兼寝室に籠《こ》もっていた。書斎では、会社の書類を見ている様子だったが、妻にとっては、夫の会社の売り上げがどれだけあっても、また売り上げが上がっても下がっても、利益が増えようが減ろうが、そしてついには会社が上場にいたろうと、何のかかわりもないこととして何十年かを生きてきたのだった。

自分と父親、つまり英子の夫である栗山との写真を同封した、その小学六年生の少年の手紙は、そうした英子の世界を一撃のもとに打ち砕いた。

それに、英子にしてみれば、もう子供たちも大人になっていた。長男は三十七歳だった。長女は三十八歳で、子供二人と鉄鋼会社に勤めている夫と一緒にニューヨークに住んでいた。長男に相談した。「妻をやめてもいい年齢と環境なんだと初めて気づいた」というと、長男はすぐに理解した。そして、母親の味方だといった。

彼女にとって驚きだったのは、長男も長女も、夫が外に子供をもうけていることを以前から知っていたことだった。長女にいたっては、「どの女との間の子?」と聞いた。妻の知らないところで複数の女性との間に、女性の数よりも多い数の子供が育っていたのだ。

「それどころか、母親である英子さんに長男の方はこういったそうだよ。

『お父さんはただのサラリーマンなのに、よくあんなにたくさんの女性とその女性との間の子供を養っているよね、善《い》い悪いは別にして、感心するよ。でも、お母さん、負けちゃ駄目だよ。妻の相続分はいくら子供の数が増えたって二分の一で変わらないんだから。だけど、お父さんがいったいどのくらい財産を持っているか、お母さん、知ってるの。知らないんでしょう。でも、いずれにしたって大した財産じゃないさ。昭物の実力者とかなんとかいわれていたって、お父さんはしょせんサラリーマンだもの。今住んでる家だって、会社のものでしょう。お父さんの一番のっていうか、ほとんど唯一の財産は、これからもらう会社からの退職金なんだよ。その額を少しでも増やすために、お父さんは会社の取締役を一年だって余計にやろうっていう腹なんだから。でも、お母さん、そんなもの当てにならないよ。お父さんが死んだときに、遺言状を残してて、その中に外の女との子供たちに財産を渡すって書いてあったら、実際問題、お母さんにいくらくるのかはあやしいものなんだよ。そんなことより、お母さん、早くお父さんと別れて、別れるときにがっぽり財産分与をしてもらったほうが安全だよ。いいじゃないか、今回は外に子供までつくっているってわかったんだから、さすがのお母さんも踏みきれるでしょ。お父さんだって、お母さんに別れてくれっていわれたら、ぐうの音も出ないよ』

だから、離婚そのものは問題ないと思うんだ。それに、英子さんには、栗山の金はいらない、私が英子さんのためにたくさんの金を作っておいたから、と私はいった。でもね先生、問題は」

長野はそこで、少しいいよどんだ。私にとっては何度も経験ずみの場面だ。こうした態度を依頼者がとるときに、腹の中で依頼者が考えていることは決まっていた。口に出すのはいささか憚《はばか》られるようなことを、しかし、口に出したくてたまらないのだ。私はいつもの台詞《せりふ》をいった。

「それだけでは問題の完全な解決にならない、ということでしょう」

「うん、先生、そうなんだよ」

長野は、身を乗り出して、先を続けた。

妻は夫への復讐《ふくしゅう》を果たさないではおかない、と決意していた。長野にその手伝いをしてほしい、それがすむまでは、とうてい長野と一緒になる気持ちになれない、といった。要するに、前の男がいなくなって初めて次の男との暮らしを考えることができる、という簡単なことだ。それで、長野は喜んで栗山をこの社会から抹殺することを誓約したというのだ。

「実は、昨日、英子さんから電話があったばかりなんだ。長男の方が私に電話をするように、って何度も強くいってくれたんだそうだ。

私たちはこんな話をしたんだよ」

そういって、長野はひとり言のように話しはじめた。

「私は、英子さんに『何をいっているのさ、栗山なんか捨てて、僕とやり直したらいいじゃないか』といった。

そしたら、英子さんは、

『そんなことなんかできない。私、もう六十二よ』

私たちは、やり合ったのさ。

『だから？　六十二でも十八でも、生きているということは同じだ』

『でも、私はもうおばあちゃんなのよ』

『では、僕もおじいちゃんですよ、とでもいえばいいのかな』

『いいえ、違うの。女は駄目。男の人はいいわ。だって、男は年じゃないし、それに、長野さんのような方ならいちだんと女性にとっては魅力的に映るもの』

私は、思わず、

『英子さん、目をつぶって、ゆっくりと息をしながら、自分の内側を見つめてごらん。自分は、実は昔から少しも変わっていないっていうことがわかるはずだ。同じ心の人間が、何十年の間、そのままずっと、生きてきた。

僕たちは、少しも変わっていない。外観が少し変わっていても、心はあのころとまったく同じまま。どういうわけか、世間が年相応の役を押しつけるから、自分でもそんな気になってしまって、老人になりかけている女性とか男性を演じてみせるけれど、本当は、心は、何も変わっていない。

英子さん。

栗山の家を出て、僕のところへ来なさい』

『でも』

そういう英子さんに、私はこういってやった。

『三十八年前に、僕らは同じやりとりをして、結局、何もしなかった。それは失敗だったと今二人ともが知っている。今度何もしなかったら、もう二度と機会は来ない。僕か君が死んでしまって、取り返しがつかない。何もかも消えてしまう』

『そうね』

『そうさ』

『何もいらない。そのまま、玄関のサンダルを履いて、通りすがりのタクシーに乗って、

「港区白金台の首都産業の本社」とだけいえばいい。首都産業の本社なら、タクシーの運転手は誰でも知っている。僕は玄関で、タクシー代を握り締めて、立って待っているよ。いいね』

『そんな急に』

『僕には、もう一刻だって惜しい。三十八年間も待っていたんだもの。こうなるためのこの三十八年だったんだ』

『わかったわ』

と小さな声が聞こえると、向こうで電話が切れる音がした。

(こんなに素晴らしいことは、人生にそう滅多にあるもんじゃない。私はなんて幸運なんだ)

たった今切れた電話の受話器を眺めながら、そういう思いが胸を突いたね。

(ほんの十分前には、私は首都産業グループをもっと大きくすること、影響力をもっと増やすことを必死に考えていた。今、私は玄関で、あの人を待ってただ立っている自分の姿を胸に描いている)」

私は、長野のいうことを黙って聞いていた。

「それが昨日の午後遅くの話だ。それで先生に電話した。ここまでが私のパート。あとは先生次第さ」

そういうと、長野は今度はひとり言のような調子で話を始めた。視線は、天井と壁の境目あたりを漂っている。

「彼女と別れてからの、この三十八年間の私の思いを人様にどう伝えたらわかってもらえるものやら、あるいは、どう話してみても、わかってもらえないのかもしれない。そう思う。私が働いて、お金を作っておけば、いつか彼女が私のその金を必要とするときが来るかもしれない。確かに事業を始めたころには、そう考えていた。

誤解しないでくださいよ。決してそのことのためだけに働いたわけではないよ。いずれにしても、自分のためだけでも働く必要はあった。それに、母もいた。父は早くに亡くなっていたから、母は私のことをとても頼りにしていた。それにしても、私がずっと結婚しないでいたのは、英子さんのせいなのかどうか、自分ではわからない。

別に、彼女と一緒に住むことができないとすれば、他のどの女性とも一緒に生活したくない、と強く思っていたんではないと思う。

ただ、何を見ても、何を聞いても、何か美味《おい》しいものを食べても、いつも、ああ、英子さんがここに一緒にいてくれれば、とは思っていた。でも、だからって、何も見る気になれないとか、そういうのではない。

ああ、彼女は私の人生の見果てぬ夢だったんだろうね。決して実現しそうにないから、それだけ良かったのかもしれない。人生の本当の意味というものがあるとすれば、彼女にあると信じていた。いや、もちろん自分でも、そうした自分の考えを半面では笑っていた。人生なんて、そんな単純なもんじゃないでしょう？　第一、人生に『本当の意味』なんてありはしない。でも、他の人は日々そうした疑問に心が晒されているかもしれないけれど、私は、まず英子さんを禁じられていたから、その先のことまで思いがいかないですんだんだろうね。

実はね、三十八年の間に一度だけ、英子さんを見かけたことがある。もう二十年以上も昔のことだ。私は、ある知り合いから持ち込まれた話で、私立の中学校と高等学校の経営を引き受けたことがあった。女の子ばかりのその学校で、私は理事長ということになった。で、たまには学校にも来てくれ、といわれて行った。春の校庭に桜がたくさん咲いています、といわれて出かけたんだから、四月の入学式のころだったんだろう。

建物の五階にある理事長室の窓から外を眺めたとき、広い校庭の向こう側、桜の並んだ下を女の子の手を引いて、黒い羽織を着て歩いている女性の姿に気づいた。彼女だった。すぐにわかったよ。少し俯《うつむ》き加減に、内股《うちまた》の狭い歩幅で足を運んでいく姿、忘れられるものじゃない。背中がちょっと丸くなっていて、昔も『私、姿勢が悪いんですよ』なんて自分でいってたけれど、それがその通り少しも変わらないで、そこにあった。

まさか、彼女と栗山氏の間にできた娘の通う中学校の理事長に自分がなっていたとは、思いもしなかったね。

声なんてかけなかったよ。だって、どうなるっていうんだ。『その後どう、しばらくだねえ』って挨拶《あいさつ》を交わして、それでどうなる？

私は、遠い先のことは考えない。目の前のことだけしか考えないことにしている。そういう人生についての私の態度には、英子さんとのことが影響していると思う。でも、そいつは長い目で見ると、実業家としての私にとってたいへんに有利なものだった。なに、いろいろわかったような講釈をする人たちがいるがね、誰も何一つわかっていはしない。確かなのは明日が来るってことだけだよ。だから、私は自分の目に見える範囲のことだけ気にかける。それ以上は、わからない。だから、わからないということだけ押さえておくというわけさ」

長野はしゃべりすぎたと思ったのか、小さく微笑するとテーブルの上に視線を移して、しばらく顔を上げなかった。

私はすぐには事の次第がわからなかった。第一、六十五歳の功なり名遂げた男が六十二歳の女性を獲得するために、七十歳の男を社会的に抹殺しようとするなんて信じられないことだ。しかも、長野は、その果断な決断力と執拗《しつよう》な説得力で実業界には広く知られている。口の悪い連中は「ラバー・バロン・ナガノ」と呼んでいるほどだ。新興成金を意味する「ラバー・バロン」を、長野の所有するバロン・ホテルとかけているのだ。対する栗山は、実業界の名物男といった趣だった。私は、その間にいて、この二人の大物を手玉にとっている女性がどんな顔かたちをしているのか、想像しようとしてみた。確か、雑誌か何かに栗山大三夫人として写真が出ていたのを見たことがあるはずだった。しかし、そんなものを覚えているはずもない。

「私はね、先生、あの男をビジネスマンとして二度と立ち上がれないようにしたいんだ。男と生まれて、実業の世界に足を踏み入れて、今の成功に酔いしれている男に、ビジネスの世界に入ったことを心の底から後悔させてやりたいんだよ。わかるかい」

わからなかった。わかるはずがなかった。

長野の激越なものの言い方が、私にある噂を思い返させた。

長野と栗山大三とが、長野がもともと昭物の出身であるにもかかわらず犬猿の仲だということは、多少でもビジネスの世界の情報に詳しい人間なら常識の範囲のことだ。噂というのは、栗山大三という男が、長野が作り上げた首都産業グループについて、常々、

「要するに、屑《くず》でもたくさん集めれば嵩《かさ》だけは増えるってことさ。ただし、一流のものは薬にしたくたってあのグループの中には、一つもない。ウチは、ウチ一社で世界一だ。あいつのところには、世界はおろか日本で一番のものだって、あるかどうか、怪しいもんさ」

といっているという話だ。首都産業グループの評として当たっているだけに、長野としてはいちだんと腹が立つだろうということは、門外漢の私にもよくわかる。

いずれにしても、私のやるべき仕事自体は、なかなかやり甲斐《がい》のあるもののように感じられた。昭物が問題を抱えていることは世間周知のことだ。上場会社でありながら、オーナー然としてまだ若年の義理の甥を養子にしたうえで社長職を継承させ、自分は奇妙なことに子会社の社長になって親会社の社長以上の報酬を得ているという噂も、私は知っていた。それどころか、昭物の系列の会社には、栗山大三の愛人の父親にあたる男が会長として納まっていることも、私は知っていた。電子部品の製造業を営むある依頼会社の紛争の相手方が、そうした愛人の父親を会長にいただく昭物の系列メーカーだったのだ。長年続いた一手の取引関係を突然に打ち切られたことが相談の中身だった。昭物側の「硬直化した従前からの取引関係の見直し」という説明は、事の真相を知る者には虚《うつ》ろでしかない。要は、公然と要求された栗山へのリベートを、私の依頼者が断ったということに尽きた。

そのとき、私は栗山大三という男に、軽蔑とともに非常な興味を感じた。していることは唾棄《だき》すべきことにすぎないとしても、それを現実にこの世の中で実現できる力は、それなりに評価するほかない、それをやり遂げて恬《てん》として恥じない態度は、迷惑であるとしても独特であるともいえる、そう思ったのだ。私は、そう感じる自分が自分でも少しおかしかったが、とも知られていて、俳号を使ってよく経済誌の企画する財界人の俳句の選者をやったりしていた。

しかし、一種の理解の匂いのする興味、というものだった。それに、栗山は、ビジネスマンの中では、粋人、通人として知られていた。私にはよくわからないが、俳句の世界では多少いた。

「栗山についての攻撃材料なら、良一君がいくらでも提供してくれる」

栗山良一、というのが、長男の氏名だった。父親の会社とはまったく無縁の、ある旧財閥系の技術研究所に勤めていて、そこの事務長をしているという。

「良一君」という、長野の言い方、声の調子が気になった。その良一という名の栗山の子供と長野との間には長い付き合いが続いている、と思わせるものがあった。しかし、長野の方から詳しいことをしゃべろうとしない以上、私にとっては、どちらでも構わないことだ。しませんよ、依頼者というものは、弁護士に対しては、いいたいことをいいたいようにしかいわないものだ。それが依頼者である自分自身の墓穴を掘ることになるとうすうすわかっていても、そういうふうにしかできないものなのだ。

「それに、英子さんがたくさんの資料をコピーしている。全部先生に渡すよ。でも、英子さんを裁判の争いに巻き込んじゃ駄目だよ、先生。それは絶対条件だ」

戦いに行く戦士の片腕を縄で縛り上げるようなことを、ときとして依頼者はするものだ。

これも、初めての経験ではない。

確かに、内部の情報ほど確かなものはない。今回は、内部も内部、妻という立場の人間が夫の書斎に自由自在に入り込んで、その書類を片端からコピーしている、そのすべてが手の中にあるのだ。それに、栗山は、若いころから自宅の書斎で仕事をする習慣だったから、膨大なファイルを自宅に置いていた。妻は親族だから、刑法の窃盗罪にあたるような行為でも実質的にはやり放題だった。書類の写しを作ることが窃盗になるかどうか、などといった議論も無用だった。

それにくらべて、良一のもたらしたものは限られていた。良一の果たした最大の役割は、私が書類について尋ねたときにはもう、すべてのコピーが作られているようにしてくれたことだ。もしまだ書類のコピーが作られていなかったとしたら、私は弁護士なのだから、まさか栗山の書斎にある書類の写しをすべて作るように指示することなど、できようはずもない。

しかし、もうでき上がったものが目の前にあったのだ。

3

栗山大三を相手とするこの件に、私は辻田弁護士の他、事務所に入って三年目の塚山《つかやま》弁護士と武田弁護士を加えた。二人とも法律の調査と事実の解明という法律家の二つの重要な分野で相当の能力を示していた。それに、何といっても朝八時から夜十一時まで働くという塚山弁護士のハードワークぶりがこうした負けることのできない戦いでは、私の目から見ても頼もしい。ふだんはティームの編成については主任になる弁護士に任せきる私も、この長野の依頼の事件については、特に辻田弁護士を呼んで塚山弁護士を参加させるように申し渡した。

塚山弁護士のこの件への取り組みぶりは、私の期待通りだった。

毎月一度、事務所の弁護士の働いた時間を示す統計が、事務所が契約している公認会計士事務所から送付されてくる。事務所の弁護士は、タイム・シートという用紙に、自分の活動記録を五分単位で記録しているのだ。何時何分から何時何分まで、どの依頼者のどの案件について、どんな仕事をしたのかを記入する。それが会計士事務所のコンピュータで処理されるシステムになっていた。塚山弁護士は、ビラブル・タイムと呼ばれる請求可能時間が、事務所に入った当初から毎月いつも一万五千分を超えていた。しかし、この件が始まってからは、ときに一万八千分、つまり一月《ひとつき》に三百時間を超える時間をビラブル・タイムとして出していた。一口に月に三百時間のビラブル・タイムというが、これはほとんど土日を休まずに、かつ朝早くから夜遅くまで働きつづけていなければありえない数字だ。私の体験でも、ある会社更生の事件で北海道への出張が重なり、かつ札幌で新聞記者の人たちと遅くまで話をしたり、せめて飛行場までの時間に取材をさせてほしいとタクシーに同乗されたりした月に、三百時間の請求時間を超えたことがあったくらいだ。

しかも、塚山弁護士は既婚者だった。

K大学を出て、四年かかって司法試験に合格している。だから決して並外れた秀才というのではない。事務所での新人弁護士の採用のときにも、恒例に従って最後に私が面接したが、才気走ったという印象はまったく受けなかった。むしろ、切れ長で、古風な博多人形のような目が記憶に残るだけで、中肉中背に紺のスーツをごく普通に着こなしていただけだった。

その彼女が、事務所に入ってからよほど弁護士の実際の仕事が性に合ったのか、毎日楽しそうに働いている様子が、時折私の目にも留まっていた。

事務所では、英語の絡む仕事については、必ずアメリカ人やカナダ人、オーストラリア人、といった英語を母国語とするネイティブ・スピーカーの外人弁護士とティームを組んであたるのがルールだ。新人の弁護士の場合は、それにパートナーか、そうでないとしても相当の経験のあるシニアのアソシエートが加わる、というか、シニアのアソシエートと外人弁護士とのティームに新人弁護士が付け足しに入るのだ。

そうした場合、パートナーはもちろんのこと、シニアのアソシエートもいくつかの仕事を同時に抱えている。昔、私に仕事を教えてくれた大先輩が「我々の仕事っていうのはね、皿回しみたいなものさ。何枚もの皿を同時に回しつづけていなくっちゃいけないんだよ。それができなくちゃビジネスにかかわる法律の仕事はできない」といったことがある。確かに、その通りなのだ。裁判と違って、日常のビジネスの仕事は、ビジネスの論理、テンポで私たちに作業を強制してくる。弁護士になった最初のころ、あるメーカーから「『ノーキ』はいつですか」と尋ねられて、ひどく困惑したことがあった。「納期」という言葉を知らなかったのだ。

塚山弁護士は、一緒に働くパートナーやシニア・アソシエートの仕事を一日も早く肩がわりしたい、という意欲に満ちていた。そして、初めはおっかなびっくり仕事を任せていたパートナーも、わからなければ必ず事前に疑問点を尋ね、仕事の段取りと見込みをはっきりさせてから取りかかる彼女を頼りにするようになるのに、さほどの時間はかからなかった。

彼女が三年目に入ったとき、私は冗談にいった。「やあ、塚山先生ももう五年になるかね。

早いものだ」実際の年数を知らないわけではない。ただ、物理的に経った年月よりもたくさんの年月に見合った進歩をする弁護士がいるものなのだ。

彼女の答も、私にはとても気に入るものだった。

「TO先生、嫌ですわ。私はまだ二年しか経っていないんです。まだまだいっぱい勉強することがあるんですから」

TO、というのは、事務所での私のイニシャルだった。大木忠《ただし》、だからTO。多くの欧米人と違って姓と名の間にクリスチャン・ネームがないから、アルファベット二つ。ただし、人数が増えてくるとアルファベット二文字というわけにはいかなくなる。たとえば、TOという私と同じイニシャルの人でも、すでに事務所では私がTOというイニシャルを使っているから、仕方なくもう一文字を自分の名前から持ってきて、たとえば太田泰蔵《たいぞう》という名前の弁護士だと、TZOということになるのだ。ちなみに、塚山弁護士はEMTだった。塚山笑《えみ》香《か》。彼女の先輩の弁護士に田中英二というのがいたので、Mが間に入っている。

私は、この件の依頼を長野から受けた経緯について、ティームの中で辻田弁護士だけには詳細に説明した。法律事務所のパートナー同士というのは、そうしたものだ。弁護士としてのそれぞれの存在の仕方を個々の事件の受任の事実や処理の仕方で定義していく。だから、ある裁判で一方の代理人であるということは、真実がどうあれ、それだけでその弁護士の社会的な立場を示すものとなりがちだ。大手の金融機関側に立った仕事をしている弁護士は、それ以外の分野でも誰もが大企業の味方だと思う。私も、初めは外資の代理をしていたが、そのうちに、逆に日本の大企業から、外資の手の内を知っているだろうからと外資との交渉の仕事を頼まれるようになり、そうした機会を通じて自ずと日本の大企業の国内向けの仕事、それも取締役会内部の秘密にわたるようなことや、会社の首脳の進退にかかわるようなことを頼まれることが増えてきた。

今回の長野の依頼も、その周辺部にある。しかも、首脳個人にとっての重大事は、その首脳が会社の切り盛りをしている以上、信頼関係が会社の仕事にも及ぶ、それも枢機に及ぶことになるのだ。私は、三十年近い経験でそのことを知っていた。もっとも、長野とは、もともと彼の会社の仕事を通じての知り合いだったから、その反対ということになるのかもしれない。

こうした長野のために、彼の人生の終わりに近い場面で、彼個人にとって決定的に重要な仕事をすることができる、ということは、その後、日本のビジネス界での正統的な地位を保証されたも同然だった。事は長野グループの仕事がさらに継続して入ってくるというにとどまらない。長野のビジネスの世界でかちえた人々の尊敬は、比類のないものなのだ。そうした人物から弁護士として信頼を得ることは、何にも増して弁護士としての財産になる。私は、弁護士を始めたころ私のボスだった弁護士からいわれたことを今でも正しいと思う。彼は、いつもこういっていた。「弁護士にいい仕事をしてもらった人間は、誰でもそのことを相手構わず吹聴《ふいちょう》したくなるものだ。私の場合、これまで常にそうだった。弁護士は自分で広告なとする必要はまったくない。いや、むしろそんなことをしては逆効果だ。そもそも、誰も自分で自分のことを褒める人間を信用したりはしない。しかし、まったくの他人が、それも実際に自分が体験した奇跡のような話としてある弁護士のことを褒めちぎれば、効果は絶大なものになる。わかるだろう。しかも、我が身は一つだが、こうしたことを自発的にしてくれる人は、何十人にでも膨れる。いい仕事さえしていれば、たくさんの人間が無償で広告塔を引き受けてくれるというわけだ」

しかし、それにしても、長野の誠実さには比類がなかった。たとえば、私は、報酬のことを私の方からはいい出さないでいた。すると、長野は、ある日秘書に私どもの銀行の口座番号を問い合わせさせたのだ。そして、私の秘書が訴状に貼付《ちょうふ》する印紙代を振り込むためと思って告げたその口座に、翌日、一千万円が振り込まれていた。私の長い弁護士人生の中でも、さすがにこうしたことは初めてだった。私は意気に感じたといっていい。私は、男性として長野の人生のやり方に、英子との結婚のことばかりではなく、長野の人生のスタイルに羨望《せんぼう》すら感じはじめていたのだろう。あるいは、弁護士業にはありえそうもない、そうした生き方を実行している長野に、同じ人間として一度限りの人生を送っている者としての軽い嫉妬を感じたのかもしれなかった。

私が長野に昭物の取締役への株主代表訴訟を勧めたのは、この訴訟は最後までいかなくても十分に目的を達成することができると考えたからだ。栗山大三と養子で社長の栗山史郎の昭物における公私混同が立証できることが確実となると、そのことを先取りした動きが社内に起きるはずだった。公私混同をすること自体と、それが明るみに出てしまうこととは天と地ほどの差がある。少々の権限の濫用をしたところで、自分が権力を握っていれば誰も問題にする者はない。しかし、一度それが表沙汰《おもてざた》になると、そうはいかなくなるのだ。

たくさんの会社の相談に乗る私にも、その劇的な違いは、何度経験しても不思議なほどだった。それは結局のところ、証拠による。しらを切り通すことは多くの場合難しい、といってもいい。それどころか、切れないしらを切ると、結果として自分で自分に「嘘つき」という黒いレッテルを貼《は》ってしまったことになる。それは、多くの場合、当初の疑惑よりも事態を悪化させるものだ。

初めにいい出す者には、まったく力などない。ところが、証拠がある場合には、それを抑えようとすると「抑えることはおかしい」という言い方で、身近で反乱が始まるのだ。公私混同の有無ではない、批判を許さないことがいけないのだ、という議論から、公私混同が存在する以上、辞任すべきだ、というところまでは、いわば一瀉千里《いっしゃせんり》といっていい。そうしたコンテキストで嘘つきのレッテルを貼られてしまっては、救いの手を差し伸べたい人間がいたとしても、もはや静観するしかない。

しかも栗山は、誰も持っているはずのない書類が私の手元にあることを知らない。彼は察知すべきだったのだ。その資料が少しずつ裁判所に出されていく過程で、まずスポーツ新聞が動きはじめるに違いない。それから夕刊紙がこれを追う。週刊誌に出たときには、土石流だ。誰も立ちはだかることなどできない。

私は頃合いを見計らって長野と相談のうえ、ごく親しい新聞記者に栗山の離婚問題を話すつもりだった。そうした話題は一流新聞の記事にはならない。それでいいのだ。記事にはならないことは、口から口へ、そうした人々の間を縦横に伝わる。伝わる過程で、誰かが、その人間なりの勝手な解釈を追加して必ず記事にする。それが私の狙《ねら》いだった。

公私混同で昭物の株主から進退を問われている栗山大三に対して、時を同じくして、妻である人間が縁切り状を突きつけることになるのだ。それも、理由は、栗山の婚姻外の複数の子供の存在だ。そうなると、栗山がその婚姻外の女性たちとの生活を支えるために会社の金を私していることは、よりコントラストの強い、どす黒いメッセージになる。女性を主な顧客とするマス・メディアはこうしたニュースに飛びつくものだ。栗山が離婚するとなれば、夫婦の間で動く金も億単位になることが確実だから、大方の興味を呼ぶことは殊さらのはずだった。

いずれにしても、重要なことは、最終的に依頼者が満足するような結果に到達することだ。それは、必ずしも裁判に勝つことだけを意味しない。第一、初めから裁判に勝つことなどとうていおぼつかない類《たぐい》の事件もあるのだ。そういう事件こそ、弁護士としての器量が問われることになる。太平洋での戦を始めた日本軍のように、単純に初めから途中での講和を狙ってみたところで、失敗するだけだ。途中での和解が前提だとしても、それは注意深く計算されなくてはならない。

しかし、この件では、栗山の公私混同の証拠がこちら側の手の中にある。これは、アメリカと違って相手の手の中にある文書を見る機会の限られている日本の民事訴訟ではめずらしいことといっていい。

相手方の持っている証拠、特に相手方の弱みが記載されている文書の類を、無理やりに手に入れることができるアメリカの証拠開示、ディスカバリーというシステムにはたくさんの日本の会社が泣かされている。日本では、自分で使うためだけに作って自分の手の内に持っている書類は相手に見せたり渡したりする必要がないのが原則だ。だから、そのつもりで「他人に見られることなどありえない」と安心しきって作っている。しかし、アメリカでは違う。裁判が本格的に始まる前に、互いに関係する書類を相手に要求し合い、その要求に応じて、相手に見せたり、写しを相手に渡したりする。それだけではない。相手側の人間を無理やりにでも、何人でも証人として引っ張り出して、詳しく事情を聞くことができる。第三者に対してもできる。その証人の答が、また次の書類の提出要求につながる。そうした相手の要求を拒否したら、裁判所が強制する。結局のところ、裁判に負けるか、場合によっては裁判所を侮辱したということになって刑務所に送られる。裁判所の重みが日本とは違うのだ。

たとえば、自動車に乗っていて追突されたとしよう。その事故で自分の車のガソリン・タンクに引火して植物人間になってしまったら？　日本の裁判で、自動車を造っている会社内にある自動車の設計図、技術者の社内メモを手に入れることができるだろうか。アメリカの裁判ではそれが現実のものとなる。自動車会社の内部ではガソリン・タンクの設計時点で、後部にタンクを付けることの危険が技術者によって指摘されていたこと、それにもかかわらず会社は多少の金額なら事故の賠償を払っても、後ろにガソリン・タンクを取り付けたほうが得だ、と技術者の指摘を無視して強行したこと、そうした一連の経緯がわかるメモが、当の自動車会社から提出されるのがアメリカの裁判なのだ。実際にも、事故にあった側が裁判に勝って、何百億円という結果につながった例がある。

日本では、民事訴訟法が平成十年の一月一日からかわって、相手方の手の中にある文書を提出させることができる範囲が拡大されたが、それにしても、まだまだ限度がある。


辻田弁護士の作業はいつも能率的だ。彼女は、まずパラリーガルという名の法学部卒の助手二名を使って、こちらの手元にある膨大な量の文書について完璧なリストを作り上げた。時系列と内容別の二通りでのパソコン検索が可能になっている。

事務所内部の会議の席でその中から辻田弁護士が示すいくつかの重要な書類には、私も笑ってしまった。どうやら栗山は富裕なだけでなく、なかなか愉快な、抜け目のない性格の人物のようで、自分の会社の利益よりも自分個人の利益を優先しているくせに、表面はきちんと神経質なまでに取り繕《つくろ》ってあるのだ。取締役会の決議を取り付けたときの書類には、ときとして彼の手書きで「この部分、正式の議事録には記載しないこと」という指示が欄外にあったりする。それも赤鉛筆を使っているところが、栗山大三方式らしかった。

中でも、子会社と昭物との間の本社ビルの賃貸借契約に私は注目した。栗山は、この虎ノ門不動産株式会社という、昭物の百パーセント子会社の代表取締役会長の立場にあると同時に、昭物の取締役でもあったからだ。子会社が本社ビルの土地建物を所有して親会社に貸している。世間にざらにあることだ。それ自体、何一つおかしな話ではない。しかし、もし、親子の間で家賃の額を調節すれば、自由自在に上場会社である親会社から子会社に金を吸い取ることができる仕掛けでもある。昭物の場合、ずいぶん昔からそうした形態になっていたから、昭物の本社が入っているビルに関しての子会社の含み益も膨大なものになっているうえに、毎月の家賃も億を超えるものとなっていた。しかし、バブルの崩壊後、どの会社でも同じことだったが、家賃の額を下げなくてはならなくなってしまったようだった。まだオフィスの賃料というものが下落する前、三年ごとの賃貸借契約の更新の際、昭物はそれまでと同じに三年間だけ契約を延長した。ところが、その延長した三年間が終わったとき、昭物、というよりも栗山は、本当は三年前に三年間の延長契約をしただけだったのを、十年間の延長契約をしていたかのように作り替えてしまったのだ。年に十五億円を超える家賃の話だった。

この虎ノ門不動産の件は絶対といっても過言でなかった。裁判官が最も好む、書類、書証があるのだ。

一応の書類の分析を終えた後、私と辻田弁護士は首都産業に出向いて、長野とその右腕で首都産業の社主室長の大里清一《おおさとせいいち》に裁判について説明した。

「長野さん、この書類をご覧になってください。誰の字かわかりますか。凄い内容ということは、私の口からご説明しなくても、おわかりでしょう」

私がそういって二枚綴りの書類を手渡すと、長野は黙って一読してから、隣に控えている大里社主室長に手渡した。

「これは」

大里社主室長が、少し誇張したため息を漏らす。

「そう、栗山大三の自筆だよ。あいつ、こんなことまで。まあ、あいつらしいといえば、そうもいえるな」

長野が私にとも大里室長にともなく、呟《つぶや》いた。やはり私たちの確信した通り、栗山大三の手書きに間違いなかった。

一見したところ、簡単なビルの賃貸借契約書だ。出来合いの契約書に図面が一枚付いているだけだ。問題は、その欄外への書き込みだった。

〔期間を三年から十年に変更のこと。平成三年時点で十年の契約をしたことにする。虎ノ門不動産側の代表者名義を船元猛《ふなもとたけし》代表取締役に変える。作り直し〕

とある。

法律家である私にはこの欄外の書き込みで、そのとき栗山大三が何を考え、何をしなくてはならないと思ったのか、その焦る気持ちが手に取るようにわかるのだ。私の事務所には、不動産会社の顧問先も多かったし、私の事務所自体が、事務所のスペースについてはテナントでもあったから、バブル当時の家賃の高騰とその後のしばらく時間をおいての急激な下落の実態を肌で実感している。

平成三年には、まだ都心のビルの家賃の下落が本格的に始まっていなかった。そのときに昭物とその百パーセント子会社である虎ノ門不動産は、昭物の本社のある京橋のビルの契約更新の時期を迎えたのだ。当然、家賃はピークの金額だったろう。虎ノ門不動産に昭物から入る家賃は年間十五億円を超えていた。その金はすべて、虎ノ門不動産の代表者である栗山大三の意のままだった。建築されてから何年も経ったビルに償却負担などないも同然だ。土地代にいたっては、もうとっくに銀行に返済ずみだった。つまり、一年にまるまる十五億円というお金が栗山大三個人のポケットに入るのも同然の仕組みだった。本業で好業績を誇っている昭物にとっては、年間十五億円を超える家賃を払うことなど、何でもない。それに、平成三年当時には、赤の他人のビルを借りたところで同じような金額を家賃として支払うことは必要だったのだ。誰にも後ろ指を指されることのない取引だった。

しかし、三年後の平成六年は違う。そして、昭物と虎ノ門不動産の賃貸借契約は世間の一般の例に漏れず、三年契約だった。平成三年の三年後は平成六年だ。

平成六年に契約更改の時期が来たとき、家賃は半額になってもおかしくない。少なくとも三割や四割の減額は当然だった。もし大家が第三者なら、昭物も当然、何の遠慮会釈もなく、「下がらなければ、移転を考えます」とでもいって大幅な減額を要求したろう。日本中のどこでも起きた、戦後の歴史上初めての家賃の値下げ交渉だ。

だが、と私は思った。もし、その時点で虎ノ門不動産が、どうしても年間十五億円を超える家賃を昭物から払ってもらうことを必要とするような状況にあったら？　たとえば巨額の借金を銀行からしていたら、どうだろう。京橋のビルの登記簿を調べたところでは、昭物の本社のビル、つまり虎ノ門不動産の最大の資産に抵当権が設定された形跡はない。しかし、虎ノ門不動産は昭物の百パーセント子会社で、昭物の実力者と自他ともに認める栗山大三が代表者を務めている会社だ。バブルの濁り水を腹いっぱい飲み込んでいた銀行が、抵当権の登記を留保していたとしても、少しもおかしくない。だが、金利は払われなくてはならない。そして、金利を払うための金の出るところは、一カ所しかない。昭物だ。昭物から虎ノ門不動産へは賃料以外の金は出せない。百パーセント子会社である虎ノ門不動産へ貸し付けをしたり、保証をしたりということになれば、有価証券報告書や附属明細書のことも考えに入れなくてはならない。場合によっては、この取引について株主総会で質問が出るかもしれない。

「ですから、『もし平成三年に更改したときに、三年間じゃなくて十年の期間だったことにできたら』と、栗山大三氏でなくても、誘惑されるでしょうね」

私がそういうと、

「しかし、取締役会の決議がいるんじゃないですか」

大里室長が怪訝《けげん》そうに口を挟んだ。

「グッド・ポイントです。さすが社主室長ですね」

私は、まずそういってから、

「しかし、どうして取締役会の決議が必要と思われますか」

と尋ねた。私は大里室長がどの程度の商法の知識を持っているのか知っておきたかったのだ。

「商法二百六十五条の問題がありますね。この後の部分を読んでください。栗山は『虎ノ門不動産側の代表者の名義を船元猛代表取締役に変える』と書いています。自己取引を意識したんでしょうね。商法二百六十五条の責任は無過失責任です。銀行から来ている昭物の非常勤の役員さんはそうしたことには神経質になるでしょうから。もともとの契約書には、栗山が、虎ノ門不動産の代表者としてハンコをついていたということなんでしょう。栗山は同時に昭物の取締役でもある。それで、栗山はそのオリジナルな契約書を作り替えて、自分の名前が出てこないものにしてしまおう、と思ったんでしょう。そうなれば、昭物の方の取締役としての自己取引の問題はなくなりますからね」

大里の知識は、なかなかのものだった。商法二百六十五条に注目するところなど、ふだんからこうしたことに気を配っていることが見て取れる。

しかし、大里にはもういちだんの深い洞察が欠けていた。

私は、こういった。

「よくご存じですね、大里さん」

大里が調子に乗って続ける。

「それに、十五億からの契約だと、商法二百六十条の重要事項になって、商法上取締役会の決議が要求されるでしょう、少なくとも昭物程度では」

大里室長の「昭物程度では」という言い方の中には、首都産業グループの規模の大きさを鼻にかける調子がどこかに混じっていた。十五億くらいの取引なら金額的に首都産業ほどに巨大な規模の会社では重要事項として、商法二百六十条の要求する取締役会の決議が必要になることなどない。「しかし、昭物みたいな小さな会社だと、そうはいかない」から、この商法二百六十条の要求する、「会社にとっての重要事項」についての取締役会の承認の決議を栗山大三が取っているはずだといっているのだ。私は、先ほどの二百六十五条についての発言といい、この言い方といい、大里室長の性格の一端を垣間《かいま》見た気がした。弁護士として自分の付き合う相手の性格を見抜くことは、相手方であればもちろん、依頼者であっても第三者であっても、大切なことだ。同時に私は、こうした人間を身近な責任ある地位に就けている長野に対して、少し不思議な気分を抱いた。長野自身には、首都産業の規模を鼻にかけているようなところは微塵《みじん》も見受けられないからだ。

すると、長野が横から、

「先生、栗山のことだ、取締役会なんて話は、はなっから無視してますよ。取締役会なんて飾りとも思うような男じゃないから」

と断定した。

私は、長野にはこう答えた。

「なるほど、栗山なら、そうなんでしょうね」

そして、

「しかし、昭物にはメイン・バンクの江戸銀行から非常勤の取締役がいつも一人入っています。そして、銀行屋さんというのは、取締役会の議事録などといった書類が大好きだ。そこらのところは、大里さんがおっしゃった通りです。

栗山大三氏が、もともとの平成三年に作った賃貸借契約書の虎ノ門不動産側の代表者の欄に自分の名前が出ていて、そこにハンコが押されているのはまずいな、と思ったのも、たぶん大里さんの見抜かれた通りだ。大里さんのおっしゃった通り、代表者名義を変えなくっちゃいけない、と思ったんでしょうね。ということは、長野さんが今いわれたように、平成三年に契約を更新したときには、取締役会なんて通してない。通してりゃ、契約書の作り替えどころの騒ぎじゃない。取締役会の議事録を作り替える話になる。もっとも、栗山氏ならやりかねないのかな。

後になって契約書を作り替えること、それ自体が嘘のことだ。本当は、平成三年に三年間の契約しかしていない。嘘のことを昭物にやらせるとなると、どうも平成三年のときに取締役会の決議を取っていないことが気になりだした。といって、今さら平成三年のことについて取締役会の決議を求めるなんてことはできない。いくら栗山氏でも、銀行からの非常勤の人も入っている取締役会に嘘の裏判を押せというわけにはいかない。で、もともと取締役会の決議なんていらない契約だったんだ、自己取引じゃなかったんだ、という形式を整えることにした。大里さんのおっしゃるのはそういうことなんでしょう、大筋で」

と付け加えた。

私の左前で、大里室長が大きく頷く。我が意を得たりといったところだ。私は構わず、続けた。

「そして、そのことは、大里さんのいわれた重要事項ということにも関係しているかもしれない。

平成三年から年十五億を十年間で百五十億。昭物でなくったって、大半の会社にとっては重要事項でしょう。

そのことは別としても、平成六年以降十三年までの七年間、ざっといって半分の家賃にしなきゃならないところをそのまんまにしておくとすると、年十五億と年七億五千万の違いが七年分、つまり、目の子でいっても五十億からの金を誤魔化す話だ」

「先生、特別背任じゃないですか。最近十年以下の懲役にかわったばかりですよ」

話しおわっていないことが明らかなのに、大里が私を遮ると、長野の顔を窺《うかが》う。

私は、一瞬腹を立てたが、すぐに「大里室長が法律に明るいことを自分のボスに証明する機会を作る手助けができたことに感謝すべきか」と心の中で苦笑いした。有能な人間には二通りあるのだ。いつもそれを誇示しないではおれない人と、隠して平気でいる人と。しかし、それも実は、性格の違いが原因ではないことが多い。四六時中誇示しつづけていなくては能力がないと思われてしまう環境にいる人と、外に出してみせるまでもなく認めてもらえる人があるにすぎない、ということだ。アメリカ人と付き合っていると、このことが嫌というほどわかる。

それにしても、栗山大三という人は、こうした商法のこと細かな知識を持った人なのだろうか。

この疑問には、長野が答えてくれた。

「何いってんだい、先生、たいへんな買いかぶりだな。違うよ、栗山じゃない、あの番頭の入田《いりた》正二郎《しょうじろう》だよ。あいつ、妙にそうしたことに詳しいらしいんだ。なんでも、上場のときに取締役会議事録のちょっとしたミスでえらくひどい目にあったんで、それ以来大いに勉強したんだそうだ」

それで私は、栗山大三が必要以上に商法に過敏になっていた理由がわかった気がした。入田という栗山大三の番頭の目から見れば、虎ノ門不動産は昭物の子会社ではなくて、栗山大三個人の持ち物なのだ。だから、昭物と虎ノ門不動産の取引が百パーセント子会社との取引なので、一般の取引とは違って、商法二百六十五条が適用されない、という観点がすっぽりと抜け落ちてしまったのだろう。

長野と大里室長とのミーティングの後、私は辻田弁護士と相談して、この虎ノ門不動産の件を中心に押し立てて株主代表訴訟をスタートすることにした。まずは、監査役に宛てて、取締役へ損害賠償の請求をするようにという通知書面を送ることから始まる。この書面が監査役に届いて三十日経てば、株主として取締役個人を相手に裁判を起こすことができるのだ。

昭物の取締役である栗山大三らに公私混同があるとして株主代表訴訟を提起するには、当然ながら株主がいなくてはならない。法律上は、取締役の違法行為があった後になってから株主になった者でも構わないことになっている。しかし、それでは実際問題として裁判所に色眼鏡で見られかねない。私は、長野に対して、いったい誰が栗山大三らの責任追及をする株主としてふさわしいと考えているのかを尋ねた。

長野には英子の名が出ることだけはどうしても避けたいという他には特別な考えは何もなかったので、私は、長野の意向を汲《く》んで、念には念を入れることにした。後日になって長野と英子との関係が栗山側に知られたときにも、この株主代表訴訟に長野が関係していると疑われないために、あえて長野の会社である首都産業グループの企業の名前も使わないほうがいい、とアドバイスしたのだ。社主室長の大里が検討した結果、株主の立場から攻撃する役は、首都産業の取引業者である株式会社インフォメーション・ユニフィケーション、通称インフォユニに頼むことになった。もちろん、インフォユニの代理人は私の事務所がやるのである。インフォユニの代表者は、取引で長野のグループに依存しているのとは別に、個人的にも長野をたいへんに尊敬し私淑していたから、話は早かった。

インフォユニから昭物の監査役に宛てた、商法二百六十七条に基づいた請求書面は辻田弁護士が手際よく作成してくれた。すぐに中身についてインフォユニの代表者の承認を得ると、私と辻田他三十三名の弁護士の名前がインフォユニの代理人弁護士として並んだ内容証明郵便が昭物の監査役に送られた。この請求書面には、辻田弁護士のいつもの歯切れのいい文章で、三つの項目が簡潔に指摘されていた。一つ目は、昭物の製品の輸送に際して不当に高い運賃が昭物から輸送業者に支払われており、その金が栗山大三に還流していること、二つ目は昭物が広告を出稿した先の広告代理店との契約が相場にくらべて不当に高く、その差額も栗山大三にキックバックとして支出されていること、そして三つ目が、昭物の百パーセント子会社である虎ノ門不動産株式会社から賃借している昭物の本社ビルの賃料が不当に高く設定されており、この差額が虎ノ門不動産の銀行からの借入金の返済に充《あ》てられているだけでなく、代表取締役会長である栗山大三の過大な報酬や社用費の源になっていることだった。さらにこの監査役宛の請求書面には、これらのいずれについても、栗山大三個人の責任追及が必要なだけでなく、そうした事情を知りながら、止めるどころか進んで共同して実行している者として、昭物の代表取締役社長である栗山史郎と、栗山大三の古くからの番頭格の部下で、今は昭物の代表取締役副会長の肩書を栗山大三から与えられている入田正二郎の二人も名を挙げられていた。社長の栗山史郎というのが、栗山大三が社長に後継者として指名した養子で、義理の甥、つまり英子の姉の子供だった。大学を卒業してから、研究者になるためにそのまま工学系大学院を経て大学の助手になっていたのを、栗山大三に強引に説得されて養子となったうえで昭物に入社し、ほどなく社長に滑り込んだのだ。私が辻田弁護士と相談して、この請求書面に盛った金額は優に二十億円を超えていた。通常の訴えなら五百万以上の印紙代が必要になるが、この株主代表訴訟に限っては、ただの八千二百円でいい。それが、平成五年の商法改正の目玉の一つだった。たとえ一兆円の請求でも八千二百円でいいのが株主代表訴訟なのだ。

私は、請求書面を受け取った監査役にしてみれば何が何だかわからず、慌てて栗山大三に指示をあおぐことになる、そうなると顧問の弁護士も交えての相談の結果、無愛想な拒絶の回答を監査役がよこしてくることになるのだろう、と予期していた。辻田弁護士は、その前提で、商法が監査役に与えた三十日の期間が経過したら即時に株主代表訴訟を提起することができる準備を終えていたくらいだ。

ところが、昭物の顧問弁護士が考え出した作戦に私は驚いた。なんと昭物では、三十日間の経過を待たないで、監査役が栗山大三らを相手どって裁判所へ訴えを提起したのだ。新聞記者がくれたコピーによると、訴状の中身は、辻田弁護士が作ったインフォユニの請求書面そのままだった。原告が昭物の監査役である曾根敏《そねさとし》、訴えられたのが個人三人、つまり栗山大三、栗山史郎、入田正二郎だ。私が想像するに、昭物側としては、得体の知れないインフォユニなる会社が、どんな目的で請求書面を送ってきたのか、請求書面に記載されていることがいちいち事実に合致していただけに、なんとも事態を把握できかねたのではないだろうか。拒絶すれば、ただちに株主代表訴訟を提起されるに決まっている。そうなれば、裁判で負ける。負けないためには、とにかく訴訟の主導権を自分たちの方で握っていたいということだったのだろう。商法二百六十七条によれば、監査役が株主から請求書面を受け取ってから三十日以内に裁判を起こさないと、株主であるインフォユニが株主代表訴訟を起こせることになってしまうので、とにかく知らない人間に株主代表訴訟を起こされるよりは、と自分たちの仲間内でやることにしたのだろう。滑稽《こっけい》な話だったが、昭物の監査役がした記者会見の席では、グローバルスタンダードの一つであるとして、透明性が強調されていた。請求書面で指摘されたような問題は何もないが、しかし、外形だけにしても社長と監査役とが密室で取引することが可能なように見えること自体が問題なので、あえて裁判所の手を煩わせることにした。そうすることによって、客観的に公正で透明な手続きによる解決を図ることにしたのである、と監査役は胸を張っていた。

それが、今日の法廷に監査役代理人である弁護士がいて、しかも終始沈黙していた理由だ。栗山大三は、猿芝居の挙げ句、木に登って降りられなくなってしまっていたのだ。

訴えが提起されたことが新聞で報じられると、辻田弁護士はすぐに参加の申立書をドラフトして、私のところへ届けてきた。商法二百六十八条によれば、株主、つまりインフォユニは監査役の始めた栗山大三ら相手の裁判に「参加」できるのだ。

参加というのは、原告や被告と一緒になって裁判の手続きをやっていくことだ。つまり、普通は裁判というのは二つの当事者の間でやるものだが、場合によっては、第三者が裁判に入って一緒にやってもいいという制度があって、会社と取締役個人の裁判では、株主は、自分より先に取締役を訴えた人間が他の株主であろうと監査役であろうと、その人間と一緒に裁判をやっていくことが許されているのだ。

といっても、実際問題は、栗山大三側が会社で、監査役はそのバイプレイヤーにすぎない。私や辻田弁護士が代理するインフォユニは、名称は「参加人」とはいっても、原告のようなものだった。それで、私たちが今日も法廷にいて、栗山大三や栗山史郎の代理人である弁護士とやりあったのだ。

4

三回目の準備書面で、私は栗山大三の愛人に触れて、彼と甥で養子の社長、そして腹心の部下である入田副会長の背任行為に触れた。

「エース運送は、昭物の輸送業務の二から三割を常に受注している。他方、エース運送にとっては昭物からの受注は、全体の九割五分に達する。エース運送の他には日本運行と城南通運というよく知られた大手の会社が昭物から受注しているが、エース運送がこれら大手二社と同じようなシェアで昭物の仕事を受けているのは、以下の理由による。

エース運送の代表取締役会長である住谷巳之助《すみやみのすけ》には、妹がいて、その名を住谷桃絵《ももえ》といい、この女性は、対外的には住谷巳之助の姪と称していて、昭物の取締役である栗山大三氏と二十年近くにわたって愛人関係にあるところ、同女への栗山氏からのいわゆるお手当ては、エース運送の住谷巳之助氏が同社から受ける取締役報酬の一部として支出されているのである。

具体的には、昭物はエース運送に対し、そのサービスの対価として平成十年度一年間に三十二億三千二百万円を支払っているが、この金額は、実は三十二億円に一パーセントを上乗せしたものであって、この三千二百万円が住谷巳之助氏への報酬となっている。住谷巳之助はこの金額のうちから税金その他を支払い、ネットの金額、すなわち約二千五百万円のうちから半分を実際の自分の報酬として取り、残りを住谷桃絵なる女性に、栗山大三氏の指示に従って渡しているのである。

従って、昭物は、この三千二百万円について、まったく必要のない金を、実質的に取締役である栗山氏へ支払っているのであって、これは、商法四百八十六条の特別背任罪に該当しうることは別としても、商法二百五十四条三項、民法六百四十四条の取締役の善良なる管理者の注意義務および商法二百五十四条の三の取締役の忠実義務に反することが明白である。なお、同様のことが過去何年にもわたって行われているが、そのことについては後に必要に応じて触れることとしたい」

ここまでの詳細で具体的な情報は、栗山の書斎の中からでもなければ、なかなか手に入れることは難しい。しかも、この事実については、栗山が昭物の入田正二郎に宛てたメモのコピーが私の手中にあった。

この準備書面は正式に裁判所に提出される前に、私の事務所から相手方の事務所にファックスで送られていた。裁判の予定期日一週間ほど前のことだ。

予定期日に、私と辻田弁護士、それに塚山弁護士が裁判所に出頭したときにも、何も相手方からは反応がなかった。次の期日も、いつものように裁判官が双方の都合を聞いたうえで約一カ月後の日が指定された。私は、次の回での栗山側の反論がどんなものになるか、楽しみでならなかった。

　ところが、その次回は結局開かれずじまいになってしまったのだ。

　三回目の準備書面を提出した期日から二週間くらいした日、私に長野から電話が入った。至急会いたいということで、私はその夜遅く、長野の会社のオフィスに出かけた。長野の部屋の隣にある社主専用の応接室には、長野だけでなく英子もいた。英子とは、このときまでに何度か会っていたが、首都産業の白金台のオフィスで会うのは初めてだった。

「先生、どうやらあいつ、相当参ってきたようですぞ」

　部屋に入るなり、長野がいう。

「これを見てください」

長野は、一枚の紙をテーブルの上に差し出した。体裁から、栗山大三の書斎用のノートのコピーとわかる。

「ほら、ここに『エースの件は、抜かった。しかし、どうしてインフォユニなんてところにわかったのか』とあるでしょう。お釈迦様でもご存じないだろうって話だ」

　長野が興奮気味にしゃべるその横顔を、隣に座った英子は黙って見ていた。ほんのわずかな微笑が口元に浮かんでいる。小さな体がソファに隠れてしまいそうだった。私は、長野の手元の紙を覗き込んだ。逆向きなので読み取りにくいが、文字を追うことはできる。
〔身を引くしかない。早くしなくては。こんなことでは六月の株主総会は乗り切れない。いや、それどころか刑事告訴されるかもしれない。桃絵も巳之助君も同罪だ。それに、史郎君もだ。そうなると、昭物が栗山家の手を離れてしまう。一刻を争う。明日、君野《きみの》先生に相談すること。一刻を争う。俺が身を引くことを条件に和解するしかない。最悪の場合、退職金もいらない。史郎君を残すこと。それだけだ。そうしないと、俺の会社が他人のものになる。そんなことはあってはならない。英子も史郎君がそんなことになったら絶対に俺を許してくれないだろう。史郎君だけはどうしても守らなくては。桃絵のことは英子にわかってしまうが仕方ない。せめてもの罪滅ぼしは、史郎君を守ったということだ。それさえできれば、英子も許してくれるだろう。いや、そういって何としても納得してもらうしかない。もう、生活も今までのようなわけにはいかない。それでいい、それでいい。もう、英子以外の女性とは別れるのだ。そして英子と二人で心静かに暮らす。人生から引退だ。それに引退となったら、金もそういりもしまいし〕
そんなことが、動揺していることを如実に表す、乱れた字で書き連ねてあった。筆跡は間違いなく、今や見慣れたものとなっていた栗山大三のものだ。
〔それにしても、インフォユニというのは、いったい誰なんだ。どうしてここまでのことを知っているのか。巳之助君が本当は桃絵の叔父じゃなくて兄だなんてことは、誰も知らないはずなのに」

ノートの末尾には、悲鳴のような走り書きがあった。

「変ですね」

私の隣で熱心にコピーを見ていた辻田弁護士が呟いた。

「何が？　え？」

苛々《いらいら》した、刺々《とげとげ》しい声で長野が畳みかけた。辻田弁護士は一瞬怯《ひる》んだが、

「いいえ、でも、変じゃありませんか。退職金を棒に振ってもいいなんて。次の定時株主総会のある六月までまだずいぶん時間があります。そして、どう考えても、次の総会までに裁判は終わりっこありません。終わらないのに、どうしてこんなこと。退職金を諦めるなんて、ありえない」

「だから、今日はその相談をしているんだよ」

長野が、それでも自分を抑えて答えた。すかさず大里社主室長が役目を果たすべく言葉を引き継ぐ。

「ですから、社主は、退職金を奴に取らせないために、奴がその気になっている今、一気に結論を出してしまいたい、とそうおっしゃっているんです。大木先生、すぐに和解してくだ

さい」

　大里は、辻田弁護士を避けて私に話しかけた。

「僕も変だと思うね、辻田先生」

　そうひとこと、辻田弁護士に向かって、声を落として身内の会話を交わすと、私は長野に向かって、

「和解の話、してみますか。こちらから厳しい条件を付ければ、相手が本気かどうかわかるでしょう。それに、相手に万に一つもこちらが弱気だと誤解させないために、『刑事告訴を考えている。どんな堅い証拠《ハード・エビデンス》があるかは想像できるでしょう。こちらが告訴すれば、自動的に逮捕になる。しかし、株主としては、会社の崩壊を望まない。昭物は栗山大三氏が食い物にしてきた。だから、ただちに三人とも辞任して、退職金もすべて放棄して、今後いっさい昭物と関係しない、ということに応じるなら、今すぐに和解してもいい。最後のチャンスだと思え』とでもいいますか」

　といった。私は、辻田弁護士のいう通りの状況だと思っていたが、それでも長野の和解への意気込みを頭から否定する気にはなれなかったのだ。案の定、長野の意を体して大里が賛成した。

「社主、それでいきましょう。大木先生のおっしゃる通りです。それに、もし相手が栗山大

三一人が辞めることで勘弁してくれ、といってきたら、こちらとしてはそれでも十分です。ね、先生、そうでしょう」

大里は、ごていねいに、自分の追従に私の裏判《エンドースメント》を求めてきた。私は、

「いや、今からそこまで考えるのは早すぎるでしょう。第一、栗山史郎氏が昭物に残ることの意味をよく考えてみないと」

そう制した。すると長野が、ちらりと隣の英子を見やった。ほんの一瞬、長野と英子の視線が互いを見つめて静止した。それから、長野は自分で自分を納得させでもするように大きく頷くと、

「その点ですが、大木先生。私たちは、史郎君を残してやろうと思ってます。昭物には史郎君が必要だし、それに、史郎君は英子さんの実の甥ごさんで養子でもある。英子さんとしては、自分が史郎君を昭物に引っ張ってきた張本人でもあるし、身内でもあるし、辛いところなんだ。ですから、先生、初めから史郎君の残留を前提にした話にしてほしい。わかってくれますね」

といった。いいおわると、再び英子の方を向き、「君は心配しないで安心していていい」とでもいうように軽く頷いてみせた。英子がその長野の顔を見つめ返すと、長野だけにわかる表情を作る。

私は、不満だった。何よりも、辻田弁護士のいう通り、この急な進展は合理的に理解しにくい。合理的に理解できない状況には、何かが隠されていることが常だ。それを知らないで結論を急ぐと失敗することになりかねない。現状を強いて合理的に理解するならば、栗山大三が英子の裏切りを知って、それでその場限りの和解工作を持ちかけている、とでも解する他ない。そのインチキに長野は乗ろうとしている。無理もない、長野にとっては、昭物の将来をどうするかということはどうでもいいのだ。いわんや、昭物の株主代表訴訟になど、まったく興味がない。この戦いが終わろうとしていることに英子が納得している。それで百点満点だった。だとすれば、終結は文字通り、一刻でも早い方がいいのだ。

「よく、わかりました。そうと決まったら、明日一番で相手方の大河原《おおかわら》弁護士に電話しましょう。そして『すぐに会おう』と提案してみますよ」

私は、内心の不安を抑えて、長野にそう約束した。

ただ、最後に私は、改めて、

「いずれにしても、参加人であるインフォユニがその気にならなくてはできないことですから」

といった。長野がうれしそうに微笑んだのを、私は見逃さなかった。

奇妙な裁判は終わった。十日後、裁判所で和解が行われた。栗山大三が取締役を退任すること、それに取締役、代表取締役であったことについての退職慰労金の権利を放棄することが合意され、子会社との本社ビルの賃貸借についても、相場まで賃料が引き下げられることになり、監査役も会社を代表する立場ですべてに賛成した。その他の、広告料や製品輸送にともなうキックバックについては「解決金」という名前の一千万円を栗山大三が昭物へ支払うことにすべて収斂《しゅうれん》された。監査役といっても長い間栗山大三の子飼いの部下だった人間だから、監査役独自の見解のあろうはずもなく、一も二もなかったのだ。そうした監査役の代理人である弁護士は、和解の進行している間も、ほとんど発言しない。裁判のときと同じことだった。和解調書という名の最終的な契約は簡単なものだった。

裁判所の建物の二十階からエレベータで一階に降り、玄関を出たところで私は長野に電話した。

「終わりました」

和解の中身はあらかじめ伝えてあったから、長野へ報告することはそれだけしかない。

「どうも、先生、ありがとう」

長野もそれだけを答えた。特に話したいことがあるはずもない。私は、横に立っている辻田弁護士を促して車をつかまえた。

「ま、これで会社は五億からの退職金を払わないですんだということですか」

辻田弁護士がタクシーの中でいう。

「それは、彼にとってはたいへんなことだな。実質全面敗訴ということだ。ということは、こちらが完全に勝訴したということになる」

といいながら、私の言葉は歯切れが悪い。私も辻田弁護士も、助手席に座っている塚山弁護士も、みな、どこかで不完全燃焼状態が続いているような感覚の中にいた。

「それで、英子さんは栗山大三氏のところを出るんですか」

塚山弁護士が首を捻《ひね》って後ろを向きながら、私に尋ねる。私は瞬間的に顔を顰《しか》めた。

(しまった)

という表情をして、塚山弁護士が前に向き直る。第三者の聞いているところで仕事にかかわる固有名詞をいうことは固く禁じてあったのだ。私は何も聞こえなかったふりをした。

私は不機嫌に黙り込んだ。目をつぶって、今回の事件の最後の経緯を思い返していた。

(どうして栗山大三は、急に和解をしたくなったのか。

間違いなく、敗訴が確実だと思ったからだ。敗訴すれば、昭物から、自分だけでなく、甥で養子の社長も追われる。公開会社で、株が分散している会社だから、いったんそういう形で支配権を失えば、もう二度と過去の地位には戻れない。

我が身を殺して、養子の甥を残す。残れば、自分は子会社の取締役の地位を続けることができる。子会社の取締役の地位があれば、フイにした退職金もいずれ取り返せる。

そんな中途半端なことで！

しかし、依頼者はインフォユニも含めて大いに満足している。いわば究極の依頼者ともいうべき英子は、この間も終始ニコニコしていた。そして、本当の依頼者の長野満は、英子のうれしそうな様子にご満悦だった)

私は、つい先日の、首都産業の社主用応接室での、最終的な打合せの様子を思い返していた。

(私が「子会社その他の関係会社のいっさいから消えてもらいましょう、栗山大三には」といったら、長野が「まあ、そこまでしなくても大丈夫だよ、先生。先生も知ってるだろう、栗山史郎は栗山大三の甥とか養子とかいったって、もともとは英子さんのお姉さんのお子さんなんだから。実のところ栗山大三にとっては義理の甥にすぎない。ねえ、英子さん」と遮った。待ってましたというように、彼女が「そうよ、史郎ちゃんは子供のころからしっかりしているから。もう、長野満に逆らうなんてことはありえないわ」とニッコリとした)

私にしてみれば、栗山大三という男が昭物の関係会社の取締役でいようがどうしようが、どちらでもいいのだ。むしろ、私は個人的には栗山大三のことを嫌いではなかった。そう思い直して、私はそれ以上何もいわずその場を引き揚げたのだ。

その通りだ。この事件は、栗山大三に昭物の取締役としての、善良なる管理者としての落ち度があり、それを彼が改めた、ということなのだ。

私の事務所への報酬を、商法二百六十八条の二に従って昭物から取ることを私は提案したが、それも長野が「昭物からは無しでいい」といって沙汰《さた》止《や》みとなった。報酬はすべて彼のグループ会社で面倒を見る、というのだ。

(あそこまで無邪気に正直になれるものか。「いいよ、いいよ、先生。私は一時間でも早く終わらせたい。そして、英子さんがその一時間でも早く栗山のところを出てくれれば、それが一番だ」なんて。まあ、長野の本音なのかもしれんが)

一週間して、長野から電話があった。どうしても祝ってほしい人とだけ一緒に簡単な食事をしたい、実は昨日から彼女と一緒に暮らしている、ということだった。

電話口で長野は饒舌《じょうぜつ》だった。

「まったく、馬鹿ばかしい話さ。先生も知ってるだろう、新改革統一党の蓑田《みのだ》。学生時代からの友人なんだ。政治家だから友達になったっていう類の仲じゃない。あいつが私のところへ電話してきて、誰に聞いたのか知らないが、『老人同士の結婚か、素晴らしいことだ。この世界に冠たる高齢者の国、日本にとってめでたい限りだ。鑑《かがみ》だよ。盛大に式を挙げたまえ』なんていうんだ。私はいってやったよ。『式？　何のため、誰のため？　僕らはただ一緒に暮らしたくて、同じ時間と空間を過ごしたくて結婚する。時間は一定の狭い空間にのみ流れるものだ。そこには、僕ら二人以外の誰もいない。それは、僕ら二人以外の誰にも関係ない、少なくとも、重要でない。二人で一緒に、流れる雲を、お茶を目の前に置いてときどき飲みながら、同じ場所から見ていること。用事でそこからしばらく離れていても、ほんの少しの間に戻ってくるとわかっていて、本当に戻ってくること。互いにそれをそうと意識していること、それが何よりも重要だ。相手が再び目の前に存在するようになり、触れることができる、という確信。そうした確信を持てるかどうかは、僕が勝手に決めることができるものではない。世の中が自ずと決める。言語のように自分の皮膚の外側に属しているものが決めるということだ。それに比べれば、僕らが老人同士であることなぞは偶然にすぎない。誰もが若いときもあれば、老人にもなる』

そうだろう、先生。結婚という形式、習慣、法律にこだわるのは、的外れだ。

そしたら蓑田の奴、こうきた。『君のいうことを聞いていると、ほとんど、英子さんが何を考えているかも重要ではないように聞こえる』それで、私もいってやったね、『正反対だろう。僕が考え感じているように彼女も考え感じているということ。それが事実であるかどうか、そんなことは誰にもわかりっこない。大事なのは、僕ら二人が、互いにそう考え、感じているということ。そう信じることに無理がないと自分で納得がいっているということだ』ってね。

そうじゃないか、先生。千里を離れていても、何十年にもわたって恋し合うっていうことは、可能かもしれないが、あんまりありそうにない。隣にいて、実際には触れないとしても手を伸ばせば相手の皮膚に触れることができると思って疑わないこと、それが同じ時空間に一緒にいるということだ。ニューヨークと東京にいても、あるいはパリとバンクーバーに離れていても、ジェット機に乗れば十三時間でひとっ飛び。そうかもしれない。『慣れ』かもしれない。しかし、私にはそんなものが二人の人間に共通する時空間とは思えない。

電話があっても伝わらないもの。それは、一緒にいるという感覚だ。電話はかえって事の真相ってやつを鮮明にする。声が聞こえるってことは、要するに、彼女はここにいない、ということだ。

私は、彼女と会うことはもちろん、電話で話すことも、手紙をやりとりすることもなかったころに、今よりも彼女を近くに感じていた。

今は？　いつも、四六時中、彼女の不在を感じている。彼女が束《つか》の間、たとえば用足しに行っているとき、私は彼女がそばにいないこと、彼女の姿が見えないことに不安を感じてしまって、そういう自分を笑うことがある。しかし、老人になってみると冗談ではないかもしれないからね。

私は、彼女も私と同じように感じている、と信じている。私たちは一日に三度、一緒に食事をする。彼女は、私の仕事の間、いつも私のオフィスに一緒にいる。私が出張に出なくてはならないときは一緒に出かける。海外にはもちろん二人で行く。仕事のミーティングの間、彼女は私の横に座っている。別に彼女に何か仕事の助けになってほしいのじゃない。ただ、私の人生の重要な一部が仕事である以上、彼女はそこにいたいと思い、私も彼女にそこにいてほしいと思うだけだ。後で、二人で、その席にいた人の話をして、たとえば、その男の気取った話しぶりを俎上《そじよう》に載せて笑い合うことはあるさ。しかし、そのために一緒にいるのではない。

贅沢なことだと、わかっているさ。豊臣秀吉にもできなかった。今の世のサラリーマン諸君にはとうていかなわない話だ。ただし、サラリーマンの中でそういうことを望む人がいるとしての話だけどね。

昔、八百屋の夫婦のことを考えたことがある。百姓も同じかもしれない。朝起きてから夜寝るまで鼻突き合わせての生活。私たち二人の望んでいるのは、そうした単純なことを実行することなのさ。ところが、今の時代に、ビジネスマンでそれをやろうってのは、たいへんなことなんだな」

私は、客観的にみて、何のことはない、英子さんの尻に敷かれている、ということじゃないのか、と思った。

もし、三十八年前に彼女と長野とが結ばれていたら、彼らは、今のようでないかもしれない。彼は、彼女以外の女性と何人も関係を持っていて、彼女はそのことで何度も悲しい思いをしたかもしれない。わからない。わかりはしない。

私は、電話を切った後、長野が最後にいった言葉を反芻《はんすう》していた。

「彼女も私も、今に終わりの来ることをしている、と感じている。だから、二人とも飽きないでいるのだろうよ。

いや、もっと単純かな。一緒に暮らせないときには、別々にいた。一緒に暮らせるようになったから一緒にいる。今の私の立場はわがままが通るから、いつも一緒にいる」

最後に長野はいった。

「急な話だけど、来週の土曜日なんですよ。いいですか。来るのは、蓑田とあいつの奥さん、それに弥生《やよい》銀行の会長の中野と先生だけだ。場所？　もちろん、あそこですよ、あそこ」

いいも悪いもなかった。私には重要な行事だ。半分は長野の新しい生活を祝う気持ちもあるが、残りの半分は、自分の弁護士としての営業活動だった。そういう気分になる自分が少し恨めしかったし、長野に申しわけないようにも感じたが、快諾した。場所が長野からこの事件の依頼を受けた元赤坂の料理屋だというのも、私にはこの上ない名誉のように思われた。

5

栗山大三が取締役を退いた後も、昭物の業績には何の変化もなかった。第一、私は毎日目の前にやってきては瞬く間に通り過ぎてしまう仕事に追われていたから、率直なところ、長野と英子を囲んでの食事会の直後から、もう昭物のことは念頭から去っていた。弁護士というのはそうしたものだ。ある仕事をしているときには、生まれてからその仕事以外はしたことがないように没頭して、その仕事が終わると、その仕事とはまったく無縁になる。

首都産業グループからの依頼は、私の期待通り以前にも増して多くなっていたが、直接私が関与する必要のあるものはなく、私はニュー・マター・レポートという名の新件紹介のための事務所内の文書で、首都産業からの仕事が次々に舞い込んでいることを知るだけだった。私の方は、ある依頼者からの、MBO（マネジメント・バイ・アウト）の件に忙殺されていた。その会社は、ある風雲児とでも称すべき男が一代で作り上げたソフトウェア企業のグループに属する子会社の一つで、その企業グループの崩壊にともなって、単に第三者に売却するのではなく、経営者と主立った従業員が買い手になって買収することができるのではないか、という話が始まっていたのだ。私は旧知のその子会社の社長に頼まれて買収側に立っていた。

ＭＢＯが沈滞した日本経済の変化の希望の星の一つだという考えを、私はずいぶん以前から持っていた。いや、バブルの全盛時代に、どうして巨大な財閥系の不動産会社でＭＢＯが起きないのかと考え、そのことが日本の企業文化を読み解く鍵の一つだと思っていたくらいだったから、バブルが崩壊した後、規模が違うとはいえついにＭＢＯの時代が到来したことに、我が意を得たり、と感じてすらいた。

そのＭＢＯのためのミーティングに私が公認会計士事務所へ出かけようとしたときに長野からの電話がかかってきた。

「いやあ、先生、ごぶさたしてます。お元気ですか。その節は本当にありがとう」

電話口での長野は、いつものようにていねいな口調だったが、英子の一件を私が長野のために戦った経緯からか、心なしか気のおけないといった打ち解けた雰囲気があった。

私が慇懃《いんぎん》に挨拶を返したうえで、出かける間際であることを告げると、長野は、

「帰り、私のところに寄ってもらえないかな。頼みがあるんだ、また、というか、引き続きというか」

長野のいった言葉の後半が気になった。「また、というか、引き続きというか」

引き続いているとすれば、昭物のことしかない。

「わかりました。しかし、夕方遅くなるかもしれません。七時にはうかがえると思います」

私がそういうと、長野は、

「そうか。じゃあ、先生、暑気払いということで、向島にでも行きましょうか。場所は後ほど秘書さんに伝えておきますから」

と電話を切った。「引き続き」昭物のことで、ということなら、話の内容は容易に想像できる。栗山大三は引退したはずなのに、実際のところ、相変わらず昭物の実権を握っている。それをこのままに放っておくことはできない、というようなことに違いなかった。当たり前のことが当たり前に起きているにすぎない。長野がそのことを予期しないであのような結末を承認したはずもあるまいに、とそこまで考えてきて、私とは別の論理が支配している世界が厳然と存在していることが、朧《おぼろ》げながら見えてきた。

「何とか栗山大三と史郎を会社から引っぱがすことはできないもんかね。株主総会で多数を取らんと駄目かね。あいつらが公私混同をやっているのは明らかなんだから、株主代表訴訟なんかじゃなくて、もっと直接効果のある手はないものかな、先生」

結局「暑気払い」という名目で長野に誘われて、その日の八時、私は向島の料亭の畳の上に座っていた。畳にも、こうした場所でなければ、触れることが少なくなってしまった。小学生のころには畳の上の卓袱台《ちゃぶだい》の前に正座して勉強していたものだ。この店はバブルの時代に何度か来たことのあるところだったが、久しぶりだった。向島もすっかり火が消えてしまったようだと聞いてはいたが、来てみればその通りだ。玄関に一歩入ると、三和土《たたき》の磨き上げぶりが以前と違う。

(他人事《ひとごと》ではない)

私は内心で呟いた。

長野にいわれて向島の料理屋に向かいながら、車の中で私は、あの時代、ある顧問先の社長が向島の料亭に招待してくれたときのことを思い出していた。その社長は、「先生はいつもこんなところの料亭料理で飽き飽きしてるでしょうから」といって、おからや納豆といった昔の家庭料理の類を集めたものを特別に用意させて、もてなしてくれたのだ。芸者と酒は一級だったから、なかなか酒落《しゃれ》たことをする男だと記憶に残っていて、それ以来、向島というとその男のことを思い出す。仕事が終わったばかりの私を招待して労《ねぎら》ってくれた直後、会社に不祥事《ふしょうじ》が出来して、彼自身には何の責任もなかったのだが、トップの首がどうしても必要だということで、退いた。だから、向島の料亭で上機嫌なその男に会ってから後、顔を合わせても仕事の話をしたことはない。

バブルといえば、食事をする部屋にカラオケがわりに生のバンドを呼んで歌い興じ、その後にハイヤーを雇って向島から銀座のクラブに繰り込み、馴染《なじ》みだといってちょっと名の知れたオカマのタレントを紹介してくれた金持ちもいた。

それどころか、全室鏡張りのスウィート・ルーム、それこそ便所も風呂も何もかも鏡を張りめぐらしたホテルの部屋に泊められたこともあった。そのホテルで二番目にいい部屋だということだった。もちろん、一番の部屋には、私をそのホテルの仕事のためにはるばる太平洋を越えてアメリカまで連れてきた依頼者が寝たのだが、それにしても落ちつかない部屋ではあった。あれはダラスだったか。

あのころは、そんなだった。そんな時代だった。私がまだ四十代の初めで、疲れというものを知らなかったころのことだ。時代も私も、たいへんな勢いだった。

「長野さん、株主代表訴訟なんてものじゃ、効果が知れてるっていうことは、始める前に申し上げたはずです」

私はできるだけ事務的に答える。会話はまだ始まっていないのだ。「それに、あの和解をしたがったのはあなたじゃないですか。それを今さら」という台詞が頭の中にはあったが、もちろん口にはしない。

長野に対して「社主」という呼びかけ方をしないのは、その場で私だけだ。これもいつものことだ。その場にいる他の人間たちにとっては「社主」であったり「社長」であったりするかもしれないが、組織の外側の人間である私にとっては、組織で「天皇」と呼ばれていようが呼ばれていまいが、ただの一個人にすぎない。私は相手を肩書で呼ぶことをいつも避けている。それは私なりの習慣だ。私の論理は私なりには明快だった。

(俺が依頼者をいくら奉ってみせたところで、裁判所は俺の依頼者に何も特別なものを認めはしない。どんな依頼者も裁判官の目から見れば、事件の一当事者でしかない。そのことには早く気づいてもらったほうが、結局のところ依頼者自身のためにいいのだ)

長野が私を責めるためにいい出したわけではないとわかってはいても、毎度ながら依頼者からのこの種の苦情には辟易《へきえき》だった。

(人間なんてものは、理屈からは学ばない、いつだって学ぶのは経験、それも我が身が火傷《やけど》をしたといった切実な経験からだけだ)

そう腹の中では思っていても、あくまでも私は長野に愛想よく言葉を足した。長野は明らかに何か話をしたがっている。弁護士である私に相談したい何かがあって、なかなかそれをいい出せない事情があるのだ。私には彼が話をしやすくする義務がある。

「長野さん、いったいどうしたんですか。何があったんですか。栗山大三氏と史郎氏を昭物から追い出すことですか。それなら、そのための方法ならいくつもある。株主代表訴訟は、そのうちの一つです。確かに、株主代表訴訟の効果は知れてはいても、いくつかの方法のうちの一つです。結局のところ、日本の社長は、公私混同が明らかになれば辞めるしかない。つまり、問題は公私混同の存在することそのものではなく、存在が公的に確定されることなんですから。

しかし、株主代表訴訟というのは、そのための最も有効な手段の一つなんです。

あのときの結果以上の成果を収めることが目的なら、あのとき以上のことを、もう一回やらなくっちゃいけない」

長野の目的が「あのとき以上」であることは明らかだとわかっていながら、私はいった。

果たして、長野は、

「その、『あのとき以上』なんですよ」

といってから、傍らの年増《としま》の芸者のふっくらとした顔を見つめた。年増の芸者が「あら、何かしら」と調子を合わせる。

「あれも、これも、だ」

「ほう、『あれも、これも』ですか」

私も、その芸者の顔を、わざとらしく見つめながらおうむ返しにいう。

「うん、先生、私はね、あれもこれも、何もかも、なんだよ」

長野は両腕を後ろに回して腕を畳に突くと、ふーっ、と大きな息を吐いた。

長野のため息に、私は、長野のいいたいことは英子が長野にしてほしいことなのだろう、正確には、そう長野が認識していることに違いない、と理解していた。それで、私は、

「会社が自分のものになれば、追い出す以上のことが可能になります」

とだけいった。

「追い出す以上のこと、とは？」

「はっはっ、『何もかも』なんでしょう」

改めて「何もかも」と口に出していうと、こうした場で話すにはあまりに栗山大三と史郎が哀れな気がする。私は、酒にまぎらわして、それから先に話を進めなかった。

しかし、長野は私の次の言葉を待って黙っている。私はその長野の気配に気づかないふりをして、自分の前に置かれたグラスにビールを注《つ》いだ。「あらすみません」といって、私の横の鼻の大きな女性が慌てて私の手からビールの瓶を取ろうとする。私は彼女のするままに任せた。

「先生、私はあの栗山大三を地獄へ送らなくてはならないんだ。もちろん、この世で、生きたまま」

長野が、あらぬ方を見つめて、呟いた。「何のために？」という問いが私の心の中に生まれる。しかし、私はそれを外に出さない。私が言葉にしたのは別のことだった。

「あくまで合法的に、それ相当の手続きを踏んで」

そう答えながら、私は自分の言葉に自分の胸が騒ぐのを感じる。新しい仕事がもたらす興奮の予兆があった。私は、話を続けずにはおれなくなってしまった。

「買収しましょう、公開買付《かいつけ》で。真っ昼間に、正々堂々と正門から入って、そのまま奥の院まで土足で入り込んで、城主の首を掻き切って、その首を先頭に、入ってきたその門から凱《がい》旋《せん》しましょう」

そういってから、

「もっとも、正門をどんどん叩《たた》いても、扉を叩き割る前に、落とし穴に落ちてしまうとか、上から石を落とされて撃退されてしまう、っていうこともあるかもしれませんがね」

と補足するのを忘れなかった。そして、

「その前に、株主提案権という方法もあります。三十万株を持てば、株主総会で議案の提案ができる。それを使えば、取締役の解任の議案を出すこともできる。しかし、結局株主総会での札の数で負ければ、栗山氏が信任されたということになりかねない」

私がいいおわらないうちに、

「そんなんじゃ駄目だよ、先生！」

思いがけないほど強い調子で、長野が遮った。

「そんな姑息《こそく》なやり方じゃなくって、その前に先生のいってた、正門突破をやってから槍《やり》の先に生首をぶらぶらさせて凱旋行進、っていうのでいこうや。先生、俺は決めたぞ。そいつだよ、そいつ」

長野は、先ほどまでのため息はすっかり忘れてしまって、上機嫌に左右の芸者の背中を両手でそれぞれぽんぽんと叩きながら、何かの宣言でもするように、そういった。

公開買付は、商法にある制度ではない。例外を除いて、公開されている会社の株式の取得についての規制だから、証券取引法、略して証取法に定められている。細かいことは政令や省令で決めるようになっているのは、この種の法律の通例だ。

具体的には、長野は首都産業グループの会社を通じて、昭物の株をすでに一・七パーセント持っていた。その長野が株を買い増して過半数以上にしようとするときには、市場でどんどん買い進めて、さらに買い増していく、ということでないかぎり、公開買付をしなくてはならない。市場でどんどん買う、といっても、五パーセント以上の株式の保有者になった時点で大蔵大臣に届け出をしなくてはならないし、買いつづければ株価が鰻登《うなぎのぼ》りに上がることになる。そして、それでも過半数の株を手に入れることができる保証はないのだ。それだけではない。市場で買い集めるのは止まらない列車に乗ったのと同じで、一度始めたら途中下車はきかない。買いの手を緩めれば、株価はすぐに下がる。過半数までいかないからと計画をやめようとしても、今度は抱え込んだ株を買ったときの値段で手放すことなど、できるものではない。だから、買収しようとする側は、常に姿を隠してやろうとする。

それが、公開買付という方法によれば、法律に定められた一定の手順を踏みさえすれば、自分で一方的に買い付けの値段を決めることができるし、それ以上の値段で買う必要もない。第一、過半数の株が集まる見通しがなければ、全然買わないことも自由なのだ。

ただし、こちらが付けた値段よりも高い値段で買い取りたい、と思う人間がいれば、その人間も自由に値段をつけて、公開買付に参加することができる。衆人環視のもとでの会社のオークションというわけだ。

私にとって、証取法によって上場会社を敵対的に買収するのは初めてのことだった。もっとも、この法律に基づいて東証一部上場の会社の敵対的な買収が行われるのは、史上初めてのことなのだから、買収の側にせよ防御の側にせよ、「初めて」というのは当然といえば当然のことにすぎない。むしろ、上場会社ではないが、証取法の適用される企業についての敵対的な買収の案件に最近関与していただけ、私は経験があるほうということになるのかもしれなかった。

向島の楓茶屋《かえでぢやや》での長野との話の翌日、私は事務所内に秘密のティームを作り上げた。公開会社の買収である以上、事は極めて秘密裡《り》に進めなければならない。たとえ事務所の中といえども秘密の漏洩《ろうえい》を極端に警戒しなくてはならなかった。こうした秘密を要する案件の場合、事務所内で秘密のマターとしてのコード名をつけることになる。具体的な依頼者名やターゲット会社の名を出さないためだ。この件のために、私はJENNIFERという架空の依頼者名を作り上げ、案件《マター》にHAPPY MARRIAGEという名を付けた。これからは、関係する弁護士が自分の費やした時間を記録するのにも、コピー代その他の実費の計算にも、すべてこの暗号名が用いられる。事務所には首都産業の依頼による昭物の買収という案件は存在しないのだ。ジェニファーという名前は、「ジェニファー・シンドローム」から思いついた。成功した年配の男の新しい女への執着。長野への私の一種のやっかみであり、英子へのお世辞でもあった。もっとも、ジェニファーでは年齢的に少し皮肉になってしまうような気もしたが、いずれにしても、事務所内での仮の呼び名にすぎない。

私は辻田弁護士を自分の部屋に呼ぶと、

「秘密が漏れたことは、すぐにわかる。株価が上がるからね。誰かが漏らさなくては秘密は漏れない。そのときに、僕は事務所の人間を疑いの対象にしたくない。長野さんに『いったい誰が』と相談を受けたときに、『少なくともウチの事務所でないことだけは確かです』と、客観的な理由に基づく確信を持ってそう胸を張りたいからね。そのためには、誰が秘密を知っているかを、僕が知っていなくてはならない。それに、もしウチの事務所から漏れた情報でインサイダー・トレーディングになって誰かが捕まりでもしたら、事務所の存立にかかわる。わかってくれてるね」

ティームのリーダーを頼むとともにこういって念を押した。

辻田美和子弁護士をティームのリーダーに指名したのは、辻田弁護士がこうしたことの経験を持っていたことや弁護士としての辻田の能力に私が信頼を抱いていたからだ。しかし、今回はそれだけではなく、何か辻田が女性であるということが、この件にふさわしいような気がしたのだ。

辻田の下に三人の弁護士をつけた。もちろんＥＭＴ、塚山笑香弁護士もその一人だ。そして、辻田弁護士はいつもの通りさらにパラリーガルという法律の専門知識を持った助手役を三名選任した。当面の仕事は、買収のシナリオ作りだった。

三日後に辻田弁護士は腫《は》れぼったい目をして、買収のシナリオのサマリー・メモを持ってきた。Ａ４で三ページほどの紙に、手順と問題点が列記してあった。

「ほう、しかし、栗山がスクワイアラーを連れてきたらどうする？」

「栗山氏が、誰かを味方にして長野氏よりも高いビッドをしてもらうのは、自由です。ホワイト・ナイトとして会社の友好的なオーナーになってもらうのも、スクワイアラーとして、友好的な後援者の一人となってもらうのも。でも、その前に、その人たちは長野氏が高いところに設置したバリケードを突破しなくっちゃいけません。そんなこと、できる人がいますかしら」

「僕の哲学は、エニィスィング・イズ・ポシブル、だ」

「公開会社というのは、天下の公道で売ってる商品なんですから、誰でも一番高い値段を付けた人が買うのは、ある意味で当然じゃないですか」

「違うね、当然じゃない。経緯はいろいろあっても、あっていいのだが、常に、結局ウチの依頼者が買う結果でなくてはならない。もしウチの事務所が経営側に立って防御するなら、買収者を撃退する。常にそうできないのなら、ウチの事務所がこの世にある必要はない。そうじゃないかね」

　私は、一緒に働く弁護士とのこうしたやりとりが、何より好きだ。プロフェッショナル同士の、感情を排した、設定ずみの目的を達成するためだけの乾いた議論。しかし、自分たち以外の登場人物の感情は、どんなに湿っていても勘定に入れて論理を組み立てなくてはならないのだ。何よりも、実際の成果につながる議論でなくては、意味を持たない。昔、友人のスコットランド出身の公認会計士が（もっとも、彼は「自分は公認会計士（CPA＝サーティファイド・パブリック・アカウンタント）ではない、勅許会計士（CA＝チャータード・アカウンタント）である」といつもいっていた）、

「CPAは、CPA以外を信用しない。CPAという連中は、世の中にはCPAとCPA以外の二種類の人間がいる、そしてそれ以外の人間はいないと思っている。正確には、CPAという人間と、CPAでない何か、といってもいい」

といっていたことがあった。私には、表現の当否は別にして、そう嘯《うそぶ》く公認会計士たちの気持ちが身近なこととして、よくわかるような気がする。

「ここにあるのは、ただの公開買付の手順のメモ書きだ。それなら、弁護士でなくたってちょっと事情に詳しい人間なら誰だって作れるさ。弁護士さんが作るのは、規則の羅列じゃいけない。特殊な、一度限りの今回の状況下で、どうしたら依頼者の目的が現実に達成できるか、が唯一の課題だろう。僕に今さらそんなこと言わせるなよ」

辻田の顔が一瞬紅潮した。

「そうですね。これは、ただの手順のメモ書きにすぎません。もっと登場人物に具体的に役を割りふって、考えてみます」

「そう。ただし、君の考えもつかない、とんでもない人が割り込んでくるかもしれないからね。それに、人は心変わりするものだ」

「ウチの弁護士以外の人間は、でしょう、先生」

部屋のドアを開けて出ていく辻田の後ろ姿を見送りながら、私は、いつものあの至福の気持ちが体じゅうに広がっているのを感じていた。

首都産業は昭物の公開買付を平成十二年九月一日の日本ビジネス新聞で発表した。といっても、公告の中身なぞは無味乾燥なものにすぎない。首都産業グループの会社のうち、この役割を割りふられた首都交易が昭物の株式を、その発行総数の五十・一パーセントまで一株あたり八百五十三円で購入すること、その期間が九月二十一日までだということ、取扱金融機関が弥生銀行だということなどが、縦横二十センチほどの紙面に小さな字で記載されているだけだ。

しかし、この小さな公告の紙面が、昭物の正面玄関に仕掛けられた爆弾なのだ。昭物としては、正確には昭物の現経営陣としては、長野が一方的に指定した二十日間という期間に、どう対応するのかを決め、もし戦うという結論であれば、その準備を整えて、そして勝たなくてはならないのだ。昭物株の売り物が出てくることに長野は楽観的だったから、公開買付の期間として法律上は六十日まで可能であるにもかかわらず、最短の二十日を選んだ。私も長野の公開買付前の根回しについて逐次相談に応じていたが、この短い期間の設定には、賛成した。実業界での長野の立場からか、昭物の主要株主上位十社のうち、金融関係の八社は、メイン・バンクとされている江戸銀行を除いて、公開買付が適法に行われることを条件にして、すべて売却の意向を示していたのだ。

私は、公開買付に対して必ずや栗山側は猛然と対抗してくるものと予想していた。当然だ。栗山大三自身も栗山史郎も、昭物の株主としてはほとんど無視できるほどのものしか持っていない。つまり、彼らの昭物での地位は、たくさんの株主の支持の上に乗っているのだ。そのたくさんの株主の持っている株が長野によって買い集められて、長野の所有割合が二分の一を超えれば、たちまち栗山ファミリーの現在の地位は失われることになる。

栗山大三の手の中にあるカードは「第三者割当増資」だった。しかし、第三者割当増資のためには、取締役会の決議がいる。といっても、取締役会の招集については栗山史郎さえその気になれば、その日のうちにでも取締役会を開いて、どんなことでも決議することができる仕組みになっていた。

問題は、第三者割当増資に応じてくれるところを見つけることだ。マーケットの価格よりも安い値段で割り当てると他の株主の利益に反することになるから、商法二百八十条の二はそうした安い株価での割り当てに株主総会での三分の二の決議を要求している。三分の二の賛成を、公開買付の宣言された今になって獲得できると前提することは、非現実的だった。

第一、株主総会を開くとなると、最低でも二週間が必要だ。その前に割り当てに応じてくれる株主を探し出しておかなくてはならない。

私の予想通り、栗山大三は、昭物の取締役会を開かせ、その日のうちに第三者割当による増資を発表した。だが、誰がその千八百万株、約百五十億円もの増資に応じるのか、一社だけで引き受けるところはあるはずもなかった。新株発行の公告にも割り当て先については「特定株主」とあるだけだった。

しかし、昭物が財務局に出した有価証券届出書には、江戸銀行などの金融機関が五社、取引先が十社並べられていた。リストを見るなり、長野は鼻先で笑った。

「栗山大三も年をとったということだな。このリストの十五社のどこも引き受けないよ」

江戸銀行の久米道《くめみち》頭取と長野は、日経協のある委員会で一緒だったことがあり、顔なじみだった。長野が電話を入れると、久米道は、

「やあ、長野さん。ごぶさたしています」

と早口でいってから、一気に、

「申しわけないですが、昭物の株の話は勘弁してくださいよ」

と、初めから蓋をしてしまったという。

「いやあ、昭物のことについてだけは、別ですよ」

と長野が食い下がると、

「わかってます、わかってます。何もかも承知させていただいております」

と意味不明なことを連発して、逃げの一手だった。

「すると、江戸銀行は向こうに?」

私が、定例になっていた長野のオフィスでの会合でそう尋ねると、長野はまるで電話の向こうの顔が見えたかのように、

「いや、あれは違うな。違う。あいつらは、本当に当惑しきっている。無理もない、自分の方が公的資金をもらってるんだ。他人のごたごたは迷惑でしかない、っていう顔をしてた。そのくせ、昔の、床柱を背にしたころの感覚が体からまだ抜けてない。江戸の今の状況で、まだ『メイン・バンクでございい』って、音楽が鳴りだせば踊りだしそうになっちまうとこが悲しいじゃないか。もう銀行はあの年の連中じゃ駄目なのかもしれないな。

いずれあいつらは、売るだろう。何かもう少し仕掛けがいるかもしれんし、『協力してくれなかったら、買収が完了後ただちに借り入れ先を切り換える』っていえば、飛んで縋《すが》ってくるような気もする。ま、先生、江戸銀行は大丈夫だ。もうこちらは昭物の株を半分以上握ったも同然だな」

私は長野の説明を聞きながら、昭物の顧問弁護士事務所があの中林弁護士の事務所だとい

うことを改めて思い出していた。

（あの栗山大三は、江戸銀行の顧問弁護士事務所の弁護士に、今回のことについて相談しているのだろうか。だとすれば、中林弁護士としても、動きにくいことだろうな）

そう漠然と考えていた。


これも後から長野に聞いたことだったが、公開買付の公告があったその日の午前中に昭物は常務会を招集していた。昭物では常務会で決まったことが自動的に取締役会の決議になるのだ。その常務会の席には、中林法律事務所の臼田《うすだ》弁護士が呼ばれていた。

「社長、首都なんか恐れるに足らずです、逆に長野の会社を飲み込んでやりましょう。攻撃は最大の防御だっていうじゃないですか。え、長野の会社を買い取るのにいくらいるんですか。そのくらいの金は、この昭物の身代を担保に入れれば作れますよ。いや、足りなかったら他に一緒に長野を叩きつぶしてくれる会社を探せばいい。『ラバー・バロン・ナガノ』って呼ばれてるくらいだから、嫌っている人間も多いはずです。きっと反長野の一大連合になりますよ。こりゃ面白いや」

社長室の隣にある中会議室に常務以上の十名が集まって、議論がもう三時間以上も続いている。先ほどから大弁舌をふるっているのは、営業担当常務の広瀬だ。

「広瀬君、長野のグループの中核は、上場してないんだよ。それに君だって首都デパートやバロン・ホテル・グループの力は知らないわけじゃあるまい。もっと足元を見ろよ」

長老格の入田副会長が軽蔑の表情を浮かべながら、広瀬をたしなめた。

「お言葉ですが、副会長。私は、長野の会社の中で上場しているやつを乗っ取ってしまおう、っていってるんです。いくつかあるでしょう、首都建設、首都マシーナリー。そうだ、首都マシーナリーなんかいいかもしれない。工作機械業界は不況で、株価も相当下がってるし、大株主だって売りたいはずだ」

入田は、うんざりした顔をして広瀬に背を向けると、隣の栗山史郎に話しかけた。

「社長、会長はどうおっしゃってるんですか」

「会長」というのは、栗山大三のことだ。とっくの昔に昭物の会長を辞め、取締役も退任していたが、子飼いの部下だった入田だけでなく昭物の内部の人間はみな、栗山大三のことを「会長」と呼んでいる。

史郎は入田の問いかけには答えず、

「弁護士先生のお考えを聞いてみよう」

というと、正面に座った顧問弁護士の臼田に向かって、

「臼田先生、どうなんでしょう。こうした場合、私としては何をまず考えるべきでしょう

か」

　質問を受けた臼田弁護士は、「そうですなあ」と受け止めると、

「まず、会社としては、買収に応じるのかどうかを決めるべきでしょう。もちろん、会社は買収の対象で、株主、つまり株の売主ではないですが、多くの株主にとっては、会社、つまり現在の経営陣が今回の買収を歓迎する、あるいは歓迎しなくても友好的なものと考えるのかどうか、ということは、たいへんに重要ですからね」

　と、一気に述べた。

　瞬間、その場の雰囲気が凍りつく。誰もが史郎の方を見つめた。

「そんなこと。先生、疑問の余地もない。会社は、長野なんて、首都なんて、敵としかみていない」

　入田が、きっぱりといった。

「そうですか。そうなると、私どもも弁護士として、御社のお手伝いをするのにふさわしいかどうか」

　臼田がかえってさっぱりとした、とでもいうような口調で、その場にいる人々を眺めながら、台詞を棒読みするように、いった。

「いや、先生、先生に見捨てられては、私どもはどうなるんですか。そんなことをいわない

でくださいよ」

入田が取りなした。

このやりとりで、出席者は、江戸銀行の前の頭取で現在は江戸銀行会長の座に就いている山上進次《やまがみしんじ》が、常務会に引き続いて開かれる予定の取締役会に出席できないとあらかじめ返事をしてきていたことに改めて気がついた。社外の取締役は急な招集だったので出席できないだけのこと、と簡単に考えていたのだ。

栗山大三が密かに江戸銀行の頭取を訪ねたことは、すぐに私の耳に入ってきた。江戸銀行の頭取の近くにいる者が、その日のうちに長野に電話をかけてきたのだ。

江戸銀行と昭物との親密な関係は、私も調べて承知していた。江戸銀行の頭取は、その職を退くと昭物の非常勤取締役に就任するのが習わしになっている。メイン・バンクとして当然のこと、としか外には映らない。しかし、昭物と江戸銀行の間には長い間にでき上がった黙契ともいうべきものがあって、江戸銀行の前頭取で昭物の非常勤取締役になっている男に対しては、一般の非常勤取締役の三倍の報酬を毎月払っていた。新しい頭取が江戸銀行に誕生すると前の頭取は会長になる。すると、自動的に昭物にも、新しく江戸銀行の会長と兼任の非常勤の取締役が誕生するのだ。そのときは同時に、昭物の別の一人の非常勤取締役、すなわち江戸銀行の前々頭取で今や前会長の男が昭物の非常勤取締役の職から退いて、非常勤としては異例に多額の退職金を昭物から受け取るときでもあった。

栗山大三は、この江戸銀行と昭物との隠微な関係を、目立たないように、十年も二十年もかけて築き上げてきたのだ。それが栗山流のやり方だった。たとえば江戸銀行の人間を接待するときでも栗山は、それとわかる露骨なことはしない。いつも、自分が楽しむための道楽に、無理やり江戸銀行の人間を引っ張り込むようにして誘う。それも、銀行の人間がまだ支店長といった段階から、少しずつ始めるのだ。栗山が目を付けた支店長の道楽が焼き物の収集と知れると、その江戸銀行の支店長には、栗山から世に名を知られた陶芸家の窯元《かまもと》へ同行してくれるようにとの頼みが入る。栗山一人では、偉い相手なので気後れするから、というのが理由だ。そして、その窯元で栗山が、「こういう偉い先生のとこをお訪ねしたんですから、こうせんわけにはいきませんので」と、銀行の人間の印象を「参考に」と求めながらいくつかの作品を買い求める。何日かすると、そのうちの一つが、支店長の自宅に届くのだ。すべて昭物の百パーセント子会社である虎ノ門不動産の支払いになる仕組みだった。

長野から間接に聞いた話では、栗山大三から第三者割当の割り当て先になってほしいと依頼された久米道頭取は、栗山大三に対し、

「栗山さん、いや、どう申し上げたらいいのか、とにかく、ウチにはもうその余裕がないの

です。公的資金を『注入』された銀行っていうのは、もう、独立した人格のある自由人じゃないんです。そうでしょう、『公的資金の注入』なんて、昔の栄養浣腸《かんちょう》みたいじゃないですか。無理やり下から滋養分を圧力をかけてそそぎ込む。嫌ですねえ、でも仕方がない。そういうご時世なんですな」

栗山大三は頭取用応接室に一時間ほど座って、頭取の久米道と話していたという。といっても、話は同じことの繰り返しだった。栗山にしてみれば、「長野氏の公開買付に対抗するために、昭物としては第三者割当増資をすることにした。ついては、筆頭株主であり、メイン・バンクである江戸銀行を頼りにさせてもらいたい。江戸銀行が受けてくれるということで、すでにいろいろなところに根回しを始めたので、なにぶんよろしく」それだけのことを、いわば確認の挨拶がわりに言いに来たにすぎないつもりだったのだろう。

ところが、最近江戸銀行の頭取になった久米道の反応は、百八十度違った。私からすれば、当然の反応にすぎないのだが、その場にいた栗山大三がいかばかり驚き、憤慨したかを想像すると、敵方ながら多少の同情を禁じえなかった。時代の舞台の回転が加速度的に速くなっている。振り落とされる人が出てきても無理もないのだ。久米道頭取は、それでも申しわけなさそうに口ごもりつつ、

「増資に応じる、それも時価での増資の割り当てなんて、とんでもないことです。私が株主

代表訴訟のターゲットになってしまう。いえ、いいんです、他ならぬ昭物さんのためです。私がボロボロになることですむのなら。しかし、今の私は江戸銀行の頭取ですから、私個人の勝手は許されない立場にあるんです」

そういったというのだ。

久米道を、栗山は二十年前から知っていた。久米道頭取がまだ本店の課長だったころだ。不世出の頭取といわれた左右田《そうだ》勘一《かんいち》が頭取室にどっしりと座っていた時代だ。その左右田の部屋に栗山は、いつも誰にも断らずにずかずかと入っていった。多少の芝居っ気もあったが、左右田にはそれだけのことをしていた。机に向かって座ったままの左右田の後ろに回って、勝手に引出しを開けて無造作に紙袋に入れた何百万円かの札束を放り込むこともあった。

左右田に限らない。昭物程度の会社の規模と内容には不釣り合いなほど、栗山は銀行、特にメイン・バンクである江戸銀行との関係に気を使っていた。それもありていにいえば、栗山が江戸銀行の首脳との個人的な関係にはたから見れば異常なくらい神経質になっていたということだった。こうした栗山の努力があればこそ、昭物はどんな金融引き締めの時代でも設備投資を自由闊達《かったつ》に進めることができ、その結果、世界的に比類のない競争力を持つことができたのだ。

「今度ばかりは、何としても助けていただかんと。無理は承知で参上してますんです」

といっていた栗山は、そのうち、

「そんな。それじゃ、私に死ねといっているようなものだ。江戸銀行さんに『死ね』といわれるのなら、この栗山大三、喜んで腹切って死にます。しかし、今度のことばかりは死んでも死に切れない」

と、今にも土下座をしかねない勢いだったという。

久米道はそれを察した。栗山大三の土下座は江戸銀行内では知られていた。左右田時代に何度繰り返されたことか。

（土下座して金が転がり込んでくるなら、苦労はない）

久米道は、栗山が熱を帯びれば帯びるほど栗山を冷たく突き放す気持ちが自分のなかで大きくなっていくことに、一種の感慨を覚えていた。「確かに、銀行は変わった」と、自分でそう確信できることが、こそばゆくうれしくすらあった。

「栗山さん、どういわれても銀行の方針は変わりません。今の銀行は、太平洋戦争に負けた後の日本と同じなんです。マッカーサーが決めるんですから。私らが決めてるんじゃないんです」

そういうと、ふっと、

「江戸銀行としては、今回の公開買付について、銀行としてそもそもどう対処すべきなのか、しなくてはならないのかを一生懸命に検討しています。弁護士さんに入ってもらって、やってます」

と付け加えた。事実、公開買付の公告の直後から、銀行として本当に公開買付に応じて昭物の株を売却しなくていいのかどうか、取締役の善管注意義務違反になるのではないか、ということを、企画部長がいいはじめたのだ。久米道にしてみれば、考えもつかないことだったが、理屈からいえば、今の時代、企画部長のいうことは正しかった。

久米道の態度が変わらないと悟ると、栗山は、

「そりゃ、聞こえません。そんなこと、あなた」

そういいながら、体がソファの中にそのままの形で吸い込まれていくような気分に陥っていたに違いない。

私は、長野が昭物提出の有価証券届出書に出ている割り当て先の会社を見て笑い飛ばしたときにも、その後からも、昭物の第三者割当が話題になるたびに新株発行を差し止める仮処分を申し立てることを何度も長野に勧めた。昭物の増資の発表はいかにも突然だったから、首都グループが公開買付を始めたのでそれに対抗して防衛手段としてなされたものだということは明白だった。「防衛」などといっても、なんのことはない、現経営陣が居残りを画策

している、という以上のものでありはしないのだ。それに、増資してまで金を調達していったい何に使うのかについて、昭物の説明は漠然としていて慌てて事業計画を作り上げたとしか思えないものだった。なんと、昭物は海外における事業拡張のために外国企業を買収する資金や提携のための資金が必要だと増資の発表の折に説明したのだ。いくつかの買収や提携候補の会社は並べてあったが、その説明のどこにも、ビジネスとしての合理性のある、納得のいく説明はなかった。いわんや、どうして第三者割当によらなければならないのか、については問題にもされていなかった。

裁判所のこれまでの裁判例からは、会社の支配権を獲得するための増資は許されないということを原則としてはいたものの、現実に現経営陣が増資を発表してしまった場合には、えてして経営陣有利の結論を出す傾向があった。しかし、私のみるところ、この件に限っては、仮処分を申し立ててみる価値が十分にあると思われた。

ところが、長野は私のいうことを熱心に聞いてはくれたものの、少しも動く気配を見せなかったのだ。結局のところ、私としては、「長野は裁判なぞに訴えなくとも、この勝負は勝てると踏んでいるのだろう、そうしたビジネスの上での強気が、彼をここまでの成功に導いてきたのだ。この件だけをみると彼の判断は間違っているように私にはみえるが、長野のようにこれまで人生に成功してきた人間に、その成功してきたやり方の一部を今回だけ変えろ

幻冬舎文庫、
心を運ぶ
名作100。
次は、どんな風景と出逢えるだろう。

最新刊

サワコの和
阿川佐和子
真面目でコミカル！　アガワ流ニッポン論。
480円

大丈夫！うまくいくから　感謝がすべてを解決する
浅見帆帆子
小さなラッキーならすぐに起こせる！
520円

毎日、ふと思う　帆帆子の日記③
浅見帆帆子
成長とは自分のキャパシティを広げること。
600円

天然日和
石田ゆり子
春夏秋冬、これが私の毎日です。好評エッセイ！
600円

王将たちの謝肉祭
内田康夫
将棋界の闇に切り込む内田ミステリの異色作。
600円

スイートリトルライズ
江國香織
夫だけを愛したいのに。甘く小さな嘘をつく。
520円

小沢一郎の日本をぶっ壊す
大下英治
この男はどこまで「改革」できるか？
文庫書き下ろし
760円

村上春樹　イエローページ1
加藤典洋
知られざる《ハルキ・ワールド》への招待。
520円

泣き虫
金子達仁
髙田延彦が初めて明かす、プロレスの真実。
600円

東京地下室
神崎京介
凶暴な欲望は封印したはずだった……。
560円

ニート　フリーターでもなく失業者でもなく
玄田有史・曲沼美恵
希望のない時代に働く希望を考える。
560円

酔いどれ小籐次留書　騒乱前夜
佐伯泰英
燃えよ、小籐次！　雄藩の一大事。
文庫書き下ろし
600円

幻冬舎文庫

空の香りを愛するように
桜井亜美
この世界に、これほど愛する人がいる奇跡。
480円

無名
沢木耕太郎
息子はどのように父を見送るのか？
560円

もっと、わたしを
平安寿子
イケてない。でも愛おしい。五人五様の人生。
600円

青空の休暇
辻 仁成
永遠の愛を求めて男ははばたく。
560円

プワゾン
藤堂志津子
この苦しみはいつ終わるのだろうか。
520円

底辺女子高生
豊島ミホ
青春のドツボな三年間のこと。
文庫オリジナル
520円

インド旅行記1 北インド編
中谷美紀
日本の女優、バックパッカーの聖地に乱入。
文庫書き下ろし
600円

かき氷の魔法 世界一短いサクセスストーリー
藤井孝一
子供と一緒に学ぶ小さな起業の物語。
520円

アルゼンチンババア
よしもとばなな
完璧な幸福の光景を描いた物語。映画化決定！
520円

わんこ文庫

いぬのきもち
高倉はるか
獣医がつくった犬語の教科書。
520円

幻冬舎アウトロー文庫

たまゆら
藍川 京
腹上死だけは、しないでね。
600円

続・結婚後の恋愛 セックスレス編
家田荘子
「妻とは、できない」。みんなそうなの？
文庫書き下ろし
520円

ヤクザは女をどう口説くのか
石原伸司
ヤクザは誰より女をよく知っている。
480円

「幻冬舎文庫、心を運ぶ名作100」イメージキャラクターは……

中谷美紀
Miki Nakatani

1976年東京都生まれ。女優。数々の映画、ドラマ、CMなどに出演。近年の代表作に「嫌われ松子の一生」等がある。絵本、エッセイ集、撮影日記の刊行など、その活動は多岐にわたる。

■この小冊子には、幻冬舎文庫の中から【幻冬舎文庫、心を運ぶ名作100】として新刊25点・既刊75点の図書が収録されています。

■この小冊子の価格(税込)は、2006年8月現在のもので表示しました。諸般の事情により価格が改訂される可能性があります。予めご了承ください。

■表示の数字は税込み価格です。

株式会社 幻冬舎

〒151-0051 東京都渋谷区千駄ヶ谷4-9-7
[編集局] TEL 03-5411-6211 FAX 03-5411-6225
[営業局] TEL 03-5411-6222 FAX 03-5411-6233
[幻冬舎ホームページアドレス] http://www.gentosha.co.jp/
[幻冬舎オンラインブックショップ] http://shop.gentosha.co.jp/

などといってみても、説得力がないに違いない。それに、長野がこんなことで私のいうことを聞くような人間なら、初めから成功なぞしてもいまい」とでも考えるほかなかった。切歯《せっし》扼腕《やくわん》する辻田弁護士や塚山弁護士に、私がしてやることのできた絵解きはその程度のことだった。

「そんな。事は会社が誰のものなのか、株主のものなのか経営者のものなのかという株式会社の本質にかかわる問題じゃないですか。会社は決して経営者のものではないはずです」

まっすぐに私の目を見つめて訴える辻田弁護士に、

「わかる、わかるよ。

でも、依頼者の事件なんだよ。我々弁護士はその手助けをする仕事なんだ。我々は依頼者にいうべきことのすべてをいわなくてはならない。それが我々弁護士の義務だ。しかし、結論は依頼者が自分で選ぶんだ。リスクを背負っている人間だけが結論を選択する資格を持っている。そうじゃないかな。

長野さんが新株発行差し止めの仮処分を申し立てないのは、何か彼なりの理由があってのことだろうと思うよ。少なくとも、そういい切れるくらいには、僕は説明を尽くしたつもりだ。

どうしてそれでもう十分なのか、君らにわからないはずはないだろう」

そう話しながら、私は自分で自分にしゃべりかけているような錯覚をおぼえていた。私自身が不満でならなかったのだ。

「我々に見えることは、この世界で起きていることのうちのごく一部にすぎないんだよ」

確かにその通りだった。私には、このとき、長野が仮処分を申し立てようとしなかった本当の理由について思いも及ばなかったのだ。

6

公開買付期間である二十日間の半ばを過ぎても、栗山のために昭物の第三者割当増資に応じてくれるところは、ほとんどなかった。メイン・バンクとされていた江戸銀行は相変わらず旗幟《きし》を明らかにしていなかったが、マイナーな経済誌はその理由が、昭物と同じような状況にあるたくさんの取引先に動揺を広げないというためだけにすぎず、行内での結論は初めから割り当て拒否と出ていることを報じていた。私のところへもこうしたことについての情報を求めて何人もの新聞記者や雑誌記者が訪ねてきたり、テレビ局から取材の電話が入ったりしたが、私のいう台詞はいつも決まっていた。私なりの確信があったのだ。

「考えてみてくださいよ。自分の持っている株を高く買うという人がいるのに売らない、というのは、銀行の経営者として何か合理的な理由がなくてはならないことですよ。

　ところが、『江戸銀行は昭物のメイン・バンクだ』といって力んでみたところで、首都に協力しなかったら、今ある昭物への貸し付けだって、買収後、他の銀行に振り替えられてしまうことになりかねない。第一、今どきメイン・バンクでもないでしょう。

　それでも栗山大三と心中したがるほど江戸銀行は馬鹿じゃないでしょう。それに、もし江戸銀行の経営陣が馬鹿でも、金融監視委員会は許さないでしょう」

確かにその通りだった。栗山大三が、過去の亡霊になって、見知らぬ異国を次から次へと当てもなく彷徨《さまよ》っている姿が私には見えるような気がした。

この記者が栗山大三のところに行って、私のいったことを伝えたところ、「過去の亡霊」というところにいたく腹を立てたとのことだった。そして、その記者は「栗山大三氏、こんなこと口走ってましたよ」と教えてくれた。

記者のいうところによれば、栗山は「外資との資本提携を考えている」ということなのだ。

「ほう、外資か。面白いね、話としては。でも、国内でも外資でも昭物の株の割り当てを受けて、今何かいいことあるかなあ」

私がそう答えると、情報をくれた記者は、

「でも、大木さん、メルローズ証券の相馬《そうま》さんが昭物側に付いたようだ、っていったら、どうです？」

と食い下がってきた。

私は、突然蟬《せみ》が私の喉元《のどもと》目がけて飛びかかってきたような気がした。メルローズ証券というのは、アメリカで一、二を争う投資銀行で、しかもそのやり方が攻撃的なので知られている。

「相馬さんが、っていうんなら、ガセだね、その話は」

そういい返すのが精一杯だった。

「そうなんですよ。すぐにあたってみたんですけど、相馬さんご自身『知らない』っていうんです。でも、彼、どっかの外資系ファンドとコンタクトしてるみたいなんだけどなあ」

記者は、自分の情報に大して自信を持っていない様子だった。

「まさか、相馬さんはやってても『やってるよ』なんていいませんよ。ま、何かあったら教えてください」

私はそういって、この記者との話を打ち切った。しかし、私の頭の中には昭物が外資と結ぶかもしれない、という嫌な予感が残った。

首都の仕掛けた公開買付の期限が切れるのが間近となった日、私は朝早く長野からの電話で叩き起こされた。

「先生、コロンビア・システミックって知ってるか？」

コロンビア・システミックなら知っていた。プライベート・エクイティ・ファンドで、あるイギリスの銀行家の紹介で何度か私のところにも相談に来たことがある。アメリカのインベストメント・ファンドの中でも、特に大企業からの分社化にともなうＭＢＯに資金供給と経営援助をするので、その分野では有名なところの一つだ。投資先の選定眼に優れたものがあって、大企業の一部門でそれなりの成績を上げていて将来性のあるところに見込みをつけ、そこがその大企業にとっては中核となる事業と縁遠いものである場合には、その一部門のリーダーと何度も会い、その結果次第でいわばそのリーダー個人の能力に投資するという明確なポリシーを標榜《ひょうぼう》している。だから、そのリーダーへのインセンティブとしてMBOという実質を重んじていた。会社が成長すれば、誰よりもそのリーダーとその周囲の人間が報われる。そして、コロンビア・システミックとそれを支える投資家もたっぷりと分け前にあずかることができる、という寸法だ。そして、リーダーのカバーしきれない分野があるときには人も出して応援するのだ。いわば、金も出し人も出すが、経営の根幹には口は出さない、という投資ファンドだった。投資先にすでに優れた経営者のいることを前提にしているし、会社がうまく回っているかぎり口は出さないという方針だから、栗山のいる昭物のようなところとの相性はいい、ということもできた。しかし、昭物はもう一部上場の会社で、将来上場することで創業者利益を享受する、ということは期待できないから、この種のファンドにとって、あまりいい投資先になるとは思えなかった。

「ええ、知ってますが、それが何か」

私がそういいおわらないうちに、

「日ビの朝刊、まだ見てないのか。栗山の奴、外資に身売りしおったんだ」

長野が電話の向こうで怒鳴っていた。

電話を切ってから新聞受けに新聞を取りに行くと、まだ来ていない。仕方がないので、半分眠ったままの状態で、目も半ば閉じたまま、パソコンのスイッチを入れた。日本ビジネス新聞なら、モニターでも読めるのだ。

「昭物乗っ取り合戦、意外な展開。外資へ身売り決定」

という見出しらしかった。しかし、モニターでは新聞紙の上での見出し活字の大きさまではわからない。

記事の内容は、首都の公開買付に対抗して昭物の経営陣は、従前の計画を変更して、新たにコロンビア・システミック社への第三者割当増資を決定したというものだった。発行ずみ株式の総数の四十パーセントにあたる千八百万株を改めてコロンビア・システミック社に時価総額三百五十億円で割り当てる、その結果コロンビア・システミック社を含めると現経営陣を支持する株主の割合が圧倒的になることが確実な情勢となったので、今提案されている首都の公開買付は絶望的になったと報じていた。

これでは、長野がふだんの紳士の仮面をかなぐり捨てて朝の五時から私の自宅に電話してくるのも、彼の立場に立てば理解できないではなかった。依頼者というものは、自分の使っている弁護士が、自分の依頼している案件以外にも仕事を抱えていて、しかもその日はたまたまその案件の大切な証人尋問の日にあたっている、などとは、決して考えないものだ。

私は、第三者割当は初めからありうることだと思っていた。私なりの対策は持っていた。五十・一パーセントに達しないときには買い付け対象の株を全部買い付けないことを公告の中に入れてあったが、その条件を外せば買い付け株数を増やすことも自由だった。

私はモニターで新聞記事を見てからも長野には電話を入れなかった。彼にとっては一大事だが、対策の時間は十分にあって、しかも私はその日、本当に別の依頼者のための重大な証人尋問を控えていて眠る必要があったのだ。私は再びベッドに入ると、目覚ましを三十分遅らせて電気を消した。

7

「先生、いらっしゃいませ。お客様、もうあちらでお待ちですよ」

広々とした開放的な一階のロビーから吹き抜けの階段を地下へ降りると、左側に重厚な木製の両開きのドアがある。いつもの癖で左側の扉を押し開けると、受付の女性が、私の顔を見るなり、微笑みを浮かべて挨拶をした。

誰であれ自分が誰それであるとレコグナイズされるのは、気持ちのいいものだ。このクラブへ来ると、いつもそう思う。

「アーバン・クラブ・オブ・トーキョー」は、東京にあるプライベート・クラブとしては比較的新しく、赤坂にある某国の大使館のビルの地下にあった。このビルは、その大使館の国の建築家が設計したとかで、三角形のデザインが国道二百四十六号線を車で走っていても目を引く。バブルの時代に土地信託を利用して建てられており、そのころ業界では有名な案件だった。

（それにしても、梶浦《かじうら》の奴、先に来てるなんて、いったいどうしたんだ）

財政省で金融調整局の審議官をしている梶浦二郎とは、高校、大学を通じての友人だ。高校のときは社会科学研究会でマルクス主義をともに齧《かじ》り、大学に入ってからは敬法会というサークルに一緒に所属して、公務員試験と司法試験の違いはあっても国家試験の勉強にともに励んだ。敬法会では、恒例の「地方合宿」と学生仲間で呼ばれていた年一回の、東京以外に場所を移しての学生による法律相談の準備のために、何人かで三陸へ下見旅行に行ったこともある。春季大学祭で敬法会の恒例となっている模擬裁判では、梶浦が検事役、私が鑑定医役になって安楽死について熱演したりもした。

梶浦が役人になってからも、年に何回か会っていた。会えば、他愛のない話も出たが、たいていは学生時代そのまま、かんかんがくがくの議論になるのだ。仕事の上で出会う役人との議論では、職業柄いいたいことをいうどころか、反対のことに終始しなければならないが、梶浦との場では、何の遠慮会釈もいらない。梶浦も、役所ではいえない内部の弱み、悩みなども口に出し、お互い気のおけない付き合いを楽しんでいる。

しかし、そういう仲ではあっても、会うときには梶浦が遅れてくることの方が多かった。お互い忙しい身の上だから、その辺の事情はよくわかり合ってるし、特に時間を厳守する、なんていうやり方はしたこともない。

梶浦は、受付の右にあるラウンジで立ったまま、ちょっと気取って右手をズボンのポケットに半分入れ、備え置きの日本の焼き物の写真集を左手でパラパラと繰っていた。私が「や

あ、早かったな」と声をかけると、梶浦は、

「大木大先生にお会いするのに、一木っ端《こっぱ》役人ごときが遅れて参上するなんて、想像もできません」

とおどけてみせた。自分のことを「一木っ端役人」というのは、梶浦の好きな台詞なのだ。なんでも役人になりたてのころ、ある野党の有力な政治家から、面と向かって、「お前みたいな木っ端役人の首、すっ飛ばすのは簡単なんだ」といわれたそうで、そのときはえらくしょげ返っていたが、そのうち、その台詞を自分の口からいうようになった。まったく、そんな、弱点をすぐに克服するどころか自家薬籠中《じかやくろうちゅう》といった趣のものに変えてしまうところが梶浦らしいところだ。

梶浦はすでに何かのパーティに寄ってきたらしく、少しアルコールが入っていて上機嫌だった。

並んで深い絨毯《じゅうたん》の上を歩きながら、自ずと気分が打ち解けていくのを感じる。つい、必要もないのに「お前なあ」などといってみたくなる瞬間だ。

畳敷きの個室に上がるために襖の前で靴を脱ぎながら、ある大男の姿を思い出した。以前この部屋に連れてきたら、小さな靴脱ぎの石の上で靴紐と悪戦苦闘していたニューヨークの大ロー・ファームでパートナーをしている弁護士のビル・ニーダーだ。アメリカ人にとって

は、昼食をとるために靴を脱ぐことは稀有《けう》といっていい。私は思わず、一人微笑んでいた。

一通り共通の友人の噂話が終わると、梶浦の方から、

「ところで、お前、長野満の弁護士やってるだろう」

と切り出した。

私が長野の側で公開買付に関与していることは、すでにさまざまなところで報道されていたので、その話なら安心してできる。いくら昔から親しい友人の梶浦でも、依頼者の秘密にかかわる事柄の場合には、自分の方から話をするなどということは、できないし、しない。こうしたことに関して、私には相手による例外はない。

「長野満氏の代理、ま、正確には首都産業の代理をやってるよ」

「その長野のことで、ちょっと話があるんだ」

いつもなら、一月も二月も先に入れる二人の食事の予定なのに、昨日に限って梶浦はできるだけ早く、いや、大至急、できれば今日か明日だ、という言い方をした。そのときには、「まさか、あいつ、カミさんと別れる相談なんかじゃ」などと、勝手に想像していたが、長野が絡んだ話とは思いもかけなかった。

「あの件、栗山に勝たせたい」

「どうして財政省がこんな件に関心を持つんだい。どうだっていいじゃないか、金融行政と

何の関係もありゃしないのに。ま、そっちはそっちで何か事情があるんだろうが、こちらは必死だ。そうはいかない。第一、栗山氏に勝たせたいのかい、それともコロンビア・システミックに勝たせたいのかい」

「俺たちにとっては、同じことだ。要するに、お前の方が負ければ、結果としてそれでいいということだ」

「俺はどっちが勝ったって、負けるってことにはならんよ、ただの弁護士だからな」

「報酬にさえなれば、依頼者がどうなったっていい、っていうのか？」

「とんでもない。依頼者が勝っても報酬にならなきゃ困る、っていうだけさ」

「相変わらずだな」

簡単な料理の後、出されたアイス・クリームを横にどけ、ブランデーグラスを引き寄せると、梶浦は声を潜めて、

「とにかく、この件に関しちゃ、総理も心配しておられる」

といった。

いつものことながら、政治家のこととなると口を極めて罵《ののし》る梶浦が、同じ政治家でも現に権力のポストに就いている人間について触れるときには急に敬語を使うことがおかしかった。

「こちらの情報では、総理大臣は、この件について何もご存じない。もし何かしらお知りになれば、あの方は必ず長野の味方をしてくださる」

と私が、梶浦の口真似をして答えると、

梶浦は真顔で、

「日本のために、いっているってことだよ」

といった。反射的に私は、

「冗談じゃない。『日本のために』って台詞を専売特許みたいに好きなときに勝手に持ち出す、その発想が時代遅れだと、お前、まだわからないのか」

と、つい大きな声を出した。

「何といわれても、日本のためになることをする」

梶浦も譲らない。

「それが、迷惑なんだよ。

第一、誰の差し金だ。天下の財政官僚も天下り先の欠乏で、とうとうコロンビア・システミックの走狗《そうく》に成り下がったか」

と私は悪い冗談をいった。

「日本のためなら、悪魔とでも握手するさ。

我々抜きでは、日本はたいへんに効率が悪くなる。マーケットが間違っていることもある。アングロサクソン流のやり方が唯一のはずがない」

と梶浦はまくし立てた。

「『天下りの効率が悪くなる』の間違いだろう。

どうせ、最近、天下りが思うようにならないんで、この際、悪魔とでもゴールデン・ハンドシェイクをして高額の退職金をせしめよう、ってことなんだろうが、そうはいかない。第一、悪魔の方で嫌がるさ。

もう、構成員の共同体でしかない日本の役所は相手にされないのさ。自分の役所は、足元の砂が波に運ばれる一方だって、まだ気がつかないのか。

第一、『日本のため』と誰が判断するんだい。

俺は、裁判所での、双方真剣に食うか食われるかの議論を尽くしたうえでの結論しか、信じない。裁判所が常に正しい、といっているのではない。しかし、俺は法律の専門家だから、手続きを、手続きそのものの価値を、信じている。BELIEVE IN といったところさ。密室での、恣意《しい》的な手続きなんてものは、手続きと呼ぶに値しない。お前らが『法律』と称してこれまで扱ってきたものは、すべてまがいものだ。初めから裁判所で、つまり太陽の光の下でテストされない仕組みになっているものは、法律という名前はついていても、本当の法律なんかじゃないんだよ。

お前のいうような意味で効率をいうのなら、俺は、民主主義の効率の悪さについての俗な議論と同じ類の議論だと思う。よく『民主主義は悪い。しかし、最悪ではない』とかいう。その手のセンチメンタルなジャーナリズムのような、知的でない表現を俺は好まない。俺は、法治とデモクラシーこそが、人類の最高の到達点だと本気で思ってる」

私がそういいおえると、梶浦は、

「気をつけろ。俺はお前に親切で今日、こうして話をしているんだ。伊達《だて》や酔狂で急いだのとは違う。時間がない。お前が俺のいうことを聞いてくれれば、不必要な犠牲が出ないですむ。やったことを聞けば、屑みたいな奴だが、それでも血祭りにあげられれば気の毒だ。お前がイエス、といってさえくれれば、そいつはそうならなくってすむんだ。

官邸筋は本気だよ。だって、官邸にすら自由にできないところから、指示は降りてきているんだ。俺はそう想像する。大木、この天と地の間には、お前や俺には想像もつかないようなことがたくさんあるんだよ。お前のビジネスや法律についての知識や経験は、俺はよくわからんが、大したもんだとしよう。でも、これは違うんだ。ビジネスの論理とは別なんだよ」

といった。

「最後は脅しか。権力のある人間は結局いつもそこに自ら落ち込んでいく。どうして、正面きって議論して黒白をつけようとしないんだ。いつまでその悪い癖を引きずるつもりなんだ、え」

と私がうんざりしたようにいうと、梶原は、

「首都東京の周囲を外国の軍隊に囲まれているんだぞ、この俺たちの日本って国は。

あの国に手ひどく打ち負かされてまだ五十五年しか経っていないで、国防はその国に任せっぱなしっていう日本を、五百年後の歴史家はどういうか。

属国さ。

何百年ていう歴史の目から見れば、まだ、日本は負けたばかりなのさ。

いいか、この国は有史以来負けた経験がなかったんだ。

だから、五十五年前のショックは骨身に染みているのさ。染みすぎている。

そうは国民にいえんがね」

と、最後はしんみりとした調子に変わってしまった。しかし、私は、私の内側で私自身を突き上げるものに押されるように、

「閉ざされた言語空間という話なら、俺も同感だ。

それでも、俺は裁判を中心とした法治、という人類の英知を信じるね。人類共通の、普遍

のものとして、信じる。

あの国の人間も、自分の国が法治でないのは耐えられないことだと思っている。俺はそれを日々の仕事で実感することができる。

そして、我が国も一日も早くそうなってほしいと願っている。

そもそも、お前の論法だと、いったいいつになったら『国民にいえる』ようになるんだ？　どうやら、そういう言い方のできるお前は、国民の一人ではないらしいけど、どうして、お前らだけは大丈夫だっていえるんだ？

実は、お前ら官僚は、その、宦官《かんがん》みたいな国の状態を奇貨として利用しつつ、隠微な密室の楽しみに耽《ふけ》っているんじゃないのか」

「反対だろう。いろいろ批判している奴が、その批判の対象の永続を最も必要としているっていうことはよくあることだ。大木、お前が、それだよ。医者が病気を必要としているように、お前は、法律が蹂躙《じゆうりん》されている状態を必要としているのさ。お前はそうした偽善者の仮面舞踏会で、狂躁《きようそう》したステップを踏んでいるだけの哀れな侏儒《しゆじゆ》にすぎんのさ。それも、よく足元を見てみろ、影法師だけだよ、あるのは。中身なんてありはしない。右でも左でも、影は何かについて動くだけ。それがお前だよ。こういったら、お前のその鉄の心臓に多少は刺激になるかな」

「いってくれるな。誰も、鉄でできてはいないんだぜ。生身を下ろし金でガリガリやられるとな、体が痛むんだよ」

「そういうつもりは、ない。しかし、現実にお前がそういう姿に見えることは、避けられない」

二人とも、したたかに酔っていた。翌朝、私はずいぶん久しぶりの二日酔いの頭で、インドネシアから来た依頼者とのブレックファースト・ミーティングに出かけた。

8

時差の違う国々にさまざまな依頼者のいる私にとっては、真夜中や早朝に電話がかかってくることはめずらしいことではない。深夜の十二時半、携帯電話が鳴ったとき、私はまだ事務所にいて翌日のブレックファースト・ミーティングの準備のために若い弁護士と大声で議論をしていた。かけた人間はたぶんこんな時間には私が事務所にいるなどとは思わなかったから、携帯の方にかけてきたのだろう。私はいつも背広の右ポケットに入れている携帯電話を取り出した。取り出しながら、「デイビッドだな」そう思った。小さくて軽い携帯電話に「ハロー」と呼びかける。ダラスは今昼だ。時差のあるところとの連絡は、仕事の性質とお互いの微妙な力関係でどちらがどちらの時差に合わせるのかが決まる。といっても弁護士同士の場合には、一方的に押しつけるということはしない。デイビッドとは二十年来の友人で、この案件の依頼者がダラスのビジネスマンで、彼がその依頼者のリード・カウンセルという立場にあったから、今回は自ずとダラス時間でのやりとりになってしまっている。ある倒産してしまった日本の金融機関をダラスにあるファンドが買収するという話を水面下で進めていたのだ。しかし、電話から聞こえてきたのは日本語だった。

「大里がやられたよ、先生」

長野だった。

「え？」

私は、買収の対象になっている日本の金融機関の主要株主の動向について、内外の影響力ある人々をさまざまに駆使して情報を収集していた。その結果についていつものルーティン・ワークの一環としてデイビッドと英語で話をするつもりで受話器を耳に当てたのだ。その私には、一瞬、長野が日本語で話していることの意味がわからなかった。頭を長野との話に切り換えて聞き直してみても、長野は自分にいい聞かせてでもいるように、「大里がやられた」と繰り返すのみなのだ。何度かの苛立たしい会話の後、長野はやっと説明を始めた。それによると、前社主室長の大里が、昭物の株のインサイダー取引の容疑でほんの少し前に警視庁に逮捕されたということだった。

「あの馬鹿、昭物の株を女に買わせたらしい。買収が決まったんで、一緒に住んでいる銀座のホステスに話を漏らしたっていうんだよ」

そう吐き捨てるようにいう長野に、私は、

「いや、そう警察がいっているというだけでしょう」

と反射的にいい返した。たしなめるような響きが入ってしまったと思う。

「どっちだって、私には同じことだ」

長野は、事務的に、ほとんど他人事を語るようにいった。

「これで、あの件は終わりだ。あの会社は、買えない。少なくとも、しばらくお休み、ということだな」

淡々とした口調だった。

「まだ結論を出すのは、早いでしょう。もう少し詳しいことを教えてください」

私は、何度も同じ台詞をビジネスマン相手や同僚の弁護士相手に発してきた。私にとっては、事態が急な展開で悪化し、動きが取れなくなったとき、誰もが諦めるしかないと思い定めた瞬間こそが、最もやり甲斐を感じる刹那《せつな》なのだ。長野が公開買付を決定したことについて、大里が誰かにしゃべってしまったということは、ありうることだった。昭物を買収することが決まってすぐ、大里は社主室長から関係会社の社長に転出していた。いずれ呼び戻すまでの経営者修業といった趣だったが、そのことが彼の警戒心を緩めたのだろう。しかし、証取法のインサイダー取引規制は、職を去ってからも一年間は適用されるのだ。大里にしても知識の断片としては頭の中に収《しま》ってあったのだろうが、社主室長を辞めてしまえば、何となく昭物買収のことが縁遠く感じられたのもわかるような気がした。それにしても、大里にそれほどの深い関係のホステスがいたということが、私には驚きだった。

「男女の仲には一般論はない」というのが私の職業的な経験則ではあったが、大里については、意外だった。第一、長野の社主室長をやっていながら、どうしてそんな時間を見つけることができたのか、それからして物理的に不思議な気がした。金の問題もあった。銀座のホステスと一緒に広尾の知られた高級マンションに同棲するといった関係を、一サラリーマンである大里がどうやり繰りして支えていたものか。答は簡単なようにも思われた。たぶん、長野もそのくらいの大里の誤魔化しは承知していたのだろう。それでも、関係会社の経営を任せて経営者としての経験をさらに積ませて、磨きをかけるために外へ出したのに違いなかった。しかし、飼い犬は、飼い主の手を嚙《か》むものなのだ。それが私の弁護士としての実感だった。起こるべきことが起きたというだけのことだ。長野の立場からみれば、この程度のことですんでよかった、とすらいえた。もちろん、私は、そんなことを長野にいいはしない。

私は、当座話すべきことを話した。

「情報はどこから？」

私が聞くと、

「新改革統一党の蓑田が電話をくれた。あいつは警察関係には強いからな。蓑田の話では、大里の逮捕は予告にすぎないということだそうだ。笑わせる」

と長野は無愛想に答えた。

「予告？　何の？」

　思わず問い返す。

「もちろん、次は、この私だということさ」

　再び、長野が答える。梶浦のいった台詞が頭をよぎった。確かに梶浦は、「官邸すら自由にできないところから、降りてきている」といっていた。溜池の坂を上ったところにある鉄製の門の形が目に浮かぶ。デポジションで何度もくぐった小さな出入口の横にある、大がかりな門扉だ。

「しかし、長野さん、あなたは何も捕まるようなことをしていないでしょう。それに、日経協の副会長を逮捕するとなると、政府にも相当の勇気がいるでしょうね。少なくとも警察に判断できることではない」

　私がそういうと、

「何いってるんだい、先生。この国の犯罪捜査機関は、前首相でも逮捕したじゃないか。すべて、必要度による。どんな人間にも値段がある。日経協のポストなんて、何の支えにもならんよ」

　長野は他人事でも話すような、さばさばした口調だった。そして、

「蓑田の話では、コロンビア・システミックの創業者というのは弁護士で、ニューヨークの

有力な法律事務所のパートナーだったんだそうだ。それで、今でもコロンビア・システミックの仕事はそこがやっている。ギャリクソンとかギャリなんとかっていっていた」

「ギャラハー・フィッツジェラルド・アンド・ビーチソンというニューヨークの大きな法律事務所です。コロンビア・システミックの代表者のジャック・ヒューバートという男は、この法律事務所のパートナーでした。そして、そこの同僚パートナーだった弁護士の一人が、今アメリカ政府の国際貿易特別交渉部の代表をしています。クローディア・ジョナサンという大柄な女性、名前くらいはご存じでしょう」

私は、長野にそうした情報を入れながら、体の奥に冷えきった塊が確実に存在しているのを感じた。梶浦のいったことはこういうことだったのだ。しかも、クローディア・ジョナサン弁護士と現在の駐日大使であるフランク・ウォーレンバーグとは、お互いに弁護士になる前、ロースクール時代の同級生として知られている。

（彼らは、私の事務所が長野の代理をしていることを承知している。もし、たとえば、彼らが私の事務所の依頼者であるアメリカの会社に、私の事務所への依頼について否定的な言動をしたら、いったい何がこの零細事務所に起きるのか）

しかし、次の瞬間、私の中の冷たいものは、逆に煮えたぎった。

（アメリカの会社は、政府の意向とは別に、自分の考えで動くものだ。日本での弁護士の選任に、連邦政府の力など及びようがない。まったく、そんな馬鹿なことは、日本人でなければ考えつかない発想だ。しょせん、この俺も日本人だな。そんなことより、蓑田の情報通り、コロンビア・システミックが本当に今回の事態の原因なら、そんなことで怖じ気づいてたまるか)

私は、情報の決定的な不足を感じた。どう判断すべきなのか、今の状態では手も足も出ない。アメリカ政府がコロンビア・システミックの意向で動いているとは考えにくかったが、コロンビア・システミックを創設したジャック・ヒューバートが政界に強いコネを持った弁護士だということは私も知っていた。ジャックが、コロンビア・システミックを代表しているだけでなく、この業界で対日戦略の中心にいることは、大いにありうることといわなければならない。

「長野さん、私、明日の一番でワシントンに行ってきましょう。気になる」

そういって、電話を切った。

翌日の遅い昼ご飯を、私はワシントンの議会近くにあるレストランでとっていた。といっても、時差があるから実際には一日以上経っている。ソフトシェル・クラブで知られたこの店は、同時に連邦政府の関係者およびその関係者に関係し、または関係しようとしている人間の出入りが多いことでも知られている。私はイアン・ロベットという旧知のロビイストと二人だった。

イアンはワシントンにたくさんあるロビイストの事務所でも最有力なところとして五指に入るリバー・アンド・ケニルワースというところの有力幹部だ。十年ほど前に日本のあるメーカーの依頼で米国における世論工作のために仕事の付き合いを始めて以来、アメリカの政治の絡むことについては、大半のことを相談してきた仲だった。およそイアンの知らないことまたは三十分以内に知ることのできないことは、その時点でワシントンに存在しないことといってよかった。それほどの情報網をどうやって築き、維持しているのか、私には不思議でならなかったが、仕事の関係がしばらく途切れてから、私は彼の秘訣を垣間見る思いがしたことがあった。ふだんは何の連絡もなくなっているのに、突然「今、東京のホテルにいるよ」と本人の声で電話がかかってくるのだ。四方山《よもやま》話の後、私の方から食事に誘っても返事は決まって時間が取れないとくる。しかし、たったそれだけでも、肉声を聞かせただけの効果はあるものだ。長野との深夜の電話を切ってすぐ、私は昼間の時間にいるイアンに電話を入れるのに何の躊躇もなかった。

「チュー、そいつはやっかいだぞ」

イアンは私をいつも忠《チュー》と呼ぶ。

「基本的にビジネスのことはニューヨークだ。しかし、ビジネスのある部分が政治に絡むと、この街の出番になる。この街には自分の出番が待ち遠しくてたまらない人間がゴロゴロしているしね。

ジャックはここのところ、自分の作った投資ファンドが思ったほど成果が上がらないので焦っている。政治のイッシューにする必要があるということかな。なにしろ、始めたときには、すぐにも日本の巨大企業すべてを買収しかねない勢いだったから。

あいつは、うまくいかないことの理由を必要としている。わかるだろう。いや、もう理由のあるなしどころじゃないな。何か成果を出さないといけない、それも近いうちに。

それで、ジャックが国際貿易特別交渉部のクローディアに話をしたっていうのは、ありそうなことだね。この国は表面の建前と違って、個人の関係《コネ》で動いているから。クローディアが頼めば、日本の大使館にいるフランクも多少の無理はするさ。もともとそういうことが使命の仕事だから、フランクが今やっているのは」

リバー・アンド・ケニルワースのオフィスは、三階建ての瀟洒《しょうしゃ》な建物の中にある。昼ご飯が終わると、私たちはイアンの部屋に戻って話を続けた。イアンの日程が午後のすべて空いていることはありえない。私はイアンの友情と日本企業が未《いま》だ潜在顧客として捨てたものではないと思われていることに感謝した。

イアンの分析によれば、アメリカ政府がアメリカ資本による日本企業の買収を歓迎していることは疑いがなかった。それは、私にもわかっていることだ。問題は、そのための投資資金が潤沢に集まっていることの裏側にあるものだった。ファンドに投ぜられた金は、集まってしまえば買収が成功することを生理的に要求するのだ。三カ月の間に買収するといえば、三カ月の間に買収しなくてはならない。ジャック・ヒューバートはコロンビア・システミックの投資対象を、アメリカ国内から日本へ切り換えることを強く投資家に打ち出していた。米国にある、新しい日本投資への漠然とした期待がジャックの行動を支えていて、またジャック自身がそれを煽《あお》ってもいる。

「ジャックは、今回の日本への投資の波で英雄《ヒーロー》になろうとしている。投資家はジャックに期待している。ジャックが成功してくれなくては、今度は投資家自身が、自分の雇用主からその判断能力を疑われることになるからね。雇用主は投資の成功や失敗の理由にはあまり興味がないのさ。結果だ。数字だよ。となると、ジャックがどういう立場に置かれているかわかるだろう。

　でも、問題は、今のところジャックは先頭を切っていて、しかも勢いがあるということだ。なにしろ、何人かの有力な投資銀行家がジャックと一緒にコロンビア・システミックの経営責任者になっている。コロンビア・システミックが昭物の買収を仕掛けたことは、こちらでも派手に宣伝されたさ。なんせウェルクマン・アンド・ローザが付いているんだからな」

イアンの事務所の最大のコンペティターであるウェルクマン・アンド・ローザというロビイストの事務所の名を挙げたときのイアンの表情に、私は焦燥感の混じった嫉妬を見たと思った。コロンビア・システミックは、世界の政治の首都であるこの街で、明らかに成功しつつあり、連邦政府として後押しすべき動きだと見なされているのだ。そして、どうやらイアンはおいてけぼりを食っていると感じている。私は、イアンにコロンビア・システミックの状況についてレクチャーをしてくれる最適の人間を紹介してくれるように頼んだ。

イアンの紹介してくれたのがワシントン・タウン大学のエドモンド・ウィルソン教授だった。戦後日本の政治と経済のかかわりを専攻していて、東京の日本大使館にも勤務したことがあるというウィルソン教授は、顎から頬、そして鼻の下と髭を蓄えていて、大学の先生というイメージとは程遠い、政治的な野心満々の、四十過ぎの巨漢の白人紳士だ。あらかじめイアンが教えてくれたところではウィルソン教授は大統領に近く、中西部のある州の上院議員のポストを狙っているということで、しかもその州の現職の上院議員が対日強硬派として知られているポートマン上院議員なのだという。そして、コロンビア・システミックの代表者であるジャック・ヒューバート弁護士は、ポートマン上院議員の選挙資金調達の責任者の一人だというのだ。私は、昭物の買収の話がアメリカの中西部の上院議員選挙の資金調達とかかわる話になってしまったことに、半ば戸惑いをおぼえつつ、ウィルソン教授を大学に訪問した。

たくさんの樹木が紅葉を始めている広いキャンパスの中をリムジンで通るとき、私は自分の感じずにおれない違和感に戸惑いながら考えていた。この大学の構内では、車は禁止されてはいない。しかし、明らかに歓迎されていない。車で構内を走り抜けるのは、人前で煙草を吸うことと同じくらい時代遅れで野蛮な人間のすることだ、そういう気分が構内の学生たちに溢《あふ》れているのが、たとえば私の乗った車に道をあける、そのときの学生のノロノロとした動作から一時訪問の異邦人にもわかるのだ。

初対面のアメリカ人に、私のそうした印象を率直に告げると、

「禁酒法を作って、十五年も励行していた国ですからね」

と、ウィルソン教授から流暢《りゅうちょう》な日本語が返ってきた。

「大木さん、私もいろいろなことをしゃべったり、書いたりしていますが、実のところこれからの日米関係がどうなっていくのか、私にはわからないのです。一方で、私の国がこれまでのあなたの国への対応、発想を変えるとは思えない。少なくとも、大衆レベルでそういうことが起きるとは考えにくい。ほんの五十五年前に、たくさんのアメリカ青年の血を流して、

アメリカは日本に勝ったのですよ。

しかし、逆にあなたの国の人々がこれまでの日米関係を持続していく気持ちを失いつつあることも、私には肌で感じられるものとしてわかる。表面にはまだ大きな動きとしては出てきていないけれど、それは存在している。日本の人は、もうガラスの天井はゴメンだと感じはじめているのではないでしょうか。

ジャックの動きについていえば、アメリカ人の多くは、やはりアメリカが日本を買収することには改めて溜飲《りゅういん》が下がる思いでしょうね。リメンバー・パールハーバーならぬリメンバー・ロックフェラー・センター、リメンバー・ユニバーサル・ステューディオだ。そういう意味では、彼は英雄《ヒーロー》になれるかもしれない。しかし、いずれにしてもアメリカでは日本のことは最重要事ではないんですよ。

日本の総理大臣、少なくともその近くにいる人々が、ジャックやその友人たちに影響されて動くっていうことがあるのかどうか、それはむしろ大木さん、あなたの方が詳しいはずだ。私にはありそうな気がします。ほら、いうでしょう、『幽霊の正体見たり枯れ尾花』って。正体が見えるまでは、ススキも幽霊で通用する。ただ、今も申し上げた通り、いずれにしてもアメリカの側の人々は、上も下もジャックのやることを支持していると思っておいた方が安全です。上も下も。もっとも、アメリカでは上と下がばらばらなことも確かだ」

私はたった一日のワシントンへの出張から戻ると、長野に電話を入れた。

「で、マスコミの方はどうでした？」

私の質問に、長野はあっさりと、

「ああ、あいつとその情婦の写真が、新聞社の輪転機の上で死の舞踏《ダンス・マカーブル》を一晩じゅう踊り明かしたよ」

と、いった。私は、「手に手を取り合って、ですか？」と口まで出かけたが、やめた。だが、このことは、まだまだ序曲にもなっていなかった。その後、ああしたことが仕掛けられるとは、私も長野も想像もしていなかった。

私の不在の間に発行された新聞を見ると、「首都、昭物買収断念へ」と、既成事実について事後報告するような記事があり、その下に小さく大里と女性の写真が並んで載っていた。記事の中で昭物の広報部長なる者が、談話として「当社として関知することではないが、当社の株を巡って不正行為があったということであれば、特に背後関係についての徹底的な捜査を強く期待する」と述べていた。

「背後関係」という言葉に私は引っかかった。長野の関与をほのめかしている。誰かが、何かをしている、私はそう思った。梶浦の「だからいったじゃないか」という声が聞こえるような気がした。そして、私は、これはこれでは終わらない、そう考えながら、辻田弁護士の内線番号のボタンを押していた。

9

結局、大里が逮捕されたことが幕引きの合図になった。誰かの意図が実現したということだった。

部下の逮捕が長野にとって決定的な打撃になったというわけではない。大里の逮捕された直後に会ったときにも、長野は意気軒昂《けんこう》といってよかった。

「一歩前進、二歩後退さ」

長野はそういった。

「おやおや、レーニンですか。世界第二の経済大国の有数の資本家から、そんな台詞をうかがうとは思いませんでしたね」

私がそう揶揄《やゆ》すると、長野は、

「私は草花の匂いのする電気機関車なんだよ」

といって、悪戯《いたずら》っぽく片目をつぶってみせた。その場にいた他の人間には、私と長野のやりとりは、何一つ意味がわからなかったに違いない。無理もない、辻田弁護士はまだ三十歳と少し、大里の後任の社主室長の島辺《しまべ》も、どうみても四十歳にはなっていなかった。そんな年齢の人たちは、芥川龍之介《あくたがわりゅうのすけ》の晩年の文章などに興味を持ちはしない。

その席での長野の最大関心事は、昭物の買収の行方ではなくて、大里の刑事事件のようだった。長野は、私の事務所で大里の事件を扱うことができるのかを、極めて率直に「先生のところに大里を助けてやれる先生がいるかな」と尋ねた。私の事務所には、そういうことについての能力と経験のある弁護士はいた。しかし私は、

「います。しかし、私どもが大里氏の件を担当することは、能力的にできるできないの問題でなく、避けるべきでしょう。大里氏の犯罪といわれているところのものとは、その嫌疑が根拠のあるものであろうとなかろうと、首都産業は何一つ関係があってはなりません」

そういってから、

「それに、大里清一という個人の利害は首都産業グループの利害とは違うでしょうから、私どもがやらない方が真に彼のためになります」

といった。長野は私の説明の後半部分にはまったく興味を示さず、

「わかった。先生、ひとつあいつのためにいい弁護士を選んでやってください。金は私が払うから、心配しないでいい」

とだけいった。

私は、その言葉を聞いて素朴に感銘した。長野は、自分で費用を負担してでも大里を助け

てやりたいといっているのだ。それは、自分にとって大切な昭物の買収計画を、とんでもない理由でつぶした部下であるにもかかわらず、ということに違いなかった。長野の頼みに、私はある知り合いの弁護士の名を思い浮かべた。東京地検の特捜部でマムシといわれた男だ。あの男なら、大里に、もし起訴されない可能性があるならば起訴を免れさせるだろうし、そうでないとしても、保釈を一日でも早く獲得し、その上で執行猶予をより確実なものにするはずだった。

大里についての話が一段落すると、自ずと話題は昭物の公開買付をどう進めていくのかということになっていった。

私は、買い取りを撤回しないことに決めさえすれば、公開買付の買い付け株数を増加させることができることを強調した。平成二年の証取法の改正で、買収側は、ターゲット会社の対応に応じて、買い付けの条件変更が相当自由にできるようになっている。首都は過半数ぎりぎりを狙って買い付け株の数を決めていたが、昭物の方が第三者割当増資で対抗してくるなら、それをも上回る買い付けをすればいいだけだった。具体的には、昭物はコロンビア・システミックに発行ずみ株式数の四十パーセントの株式を割り当てる旨発表していた。これは、増資後のコロンビア・システミックの保有割合が二十八・六パーセントになることを意味している。

これに対して、首都の買い付け数がそのままであれば、希望通りに応募者があったとしても、三十五・八パーセントにしかならない。昭物の防衛は成功するのだ。

しかし、首都が買い付け株数を増やして最終的に増資前の株の七十・一パーセント以上を買収してしまえば、コロンビア・システミックへの第三者割当増資後でも買い付け側は過半数を確保することができるのだ。ただし、このやり方では、今の昭物の発行枠からみて、もう一度第三者割当増資をやられてしまえば、負けだった。

最悪の場合、昭物は今回のコロンビア・システミックへの第三者割当を含めて全部で一億株を経営陣の好きなところへ割り当てることができたから、首都産業側としては、防御のために第三者に割り当てられた株の買い付けに成功しないかぎり、結局、公開買付で獲得した株は、そのまま塩漬け、ということもありえた。経営側は、割り当ての時期も自由に選ぶことができるのだ。

私は、現状の法的な意味を、できるだけわかりやすく説明したつもりだったが、長野が私の説明を理解したのかどうか、心もとなかった。長野は、私の話している間じゅう、ひとことも発しないで、終始、目をつぶったまま聞いていた。

私は説明を終わったが、誰も発言しようとしない。

しばらく、その場にいることが居心地悪く感じられるほどの時間、静寂が続いた。

「買収は必ずする。ただ、今は休む。買い付け対象の株の数を増やすことは、しない」

長野の決断だった。

私は、念のために、と断って、第三者割当増資の差し止めを申し立てる方法についてもう一度詳しく述べた。もはや長野にその気がないことは初めから明らかだったが、彼は再び黙って私の説明を聞いてくれた。私が話しおわると、長野は、

「潮時じゃない、ということだ。物事には潮時というものがある。昭物は、今は買わんほうがいい。力攻めに攻めたてても、うまくいかんものはいかん。先生がワシントンで感じ取ってきたものも勘定に入れた。私が、昔から親しくしているニューヨークの人から聞き取ったことも考慮した。どうやら栗山の奴、思いもかけないボタンを押してしまったらしい。今や、昭物は真っ赤に焼けた鉄の棒になってしまっている。つまり、どうしても私に買わせたくない人間がいるということだ。それも、ただの会社の売り買いのレベルの話じゃないようだ。大里には気の毒なことになってしまった。

今回、買っておけば、それで三十五・八パーセントになる。三分の一を超えているということだ。今回はそれでいい。コロンビア何とかというのより上だ。筆頭株主は間違いないだろう」

そういうと、もう一度、

「今回は、ここまででいい。一歩前進、二歩後退だ」

そういった。

10

「先生、天麩羅《てんぷら》でも食べに行かないかね。家内も一緒だ」

平成十三年の山桜が咲き始めたころ、長野からの電話が入った。昭物を巡る争いはすっかり落ちついていて、長野と会うこともめずらしくなっていた。相変わらず、事務所では首都グループの依頼の仕事を次々に処理していたが、私が長野に会わなくてはならないほどの仕事はなかった。

そうした移り変わりは、ビジネス・ローヤーである私にとっては当たり前の日常の一部だ。仕事が盛りのとき、ある特定の人と家族以上に毎日、場合によっては日に何度も顔を合わせる。朝ご飯を一緒にし、昼に仕出しの弁当を一緒に食べたり、大皿に盛られたサンドウィッチを交互に摘《つま》んだりし、その上仕事のミーティングを兼ねて夕食をとる。そうしたことが続いて、それが永遠に変わらないような気分に浸っていると、あるとき、突然終わりが来る。そして、その瞬間限りで二度と会わない人もある。再び会ったとしても、いわば、そのときの高揚した気分の中に一緒に封じ込められていたような感覚は決して戻ってこない。すべてがビジネスという基準で集められ、強固に固定され、そしてばらばらに切り離されてしまうのだ。

私はそうした連続が、嫌いではなかった。それに、考えてみれば、高校の卒業式のときにも、前日まで毎日会っていた友人といつものように会い、同じ挨拶を交わし、そして翌日も同じことが起きるかのように別れたような気がする。ところが、それ以来もう三十五年も会っていない人間がほとんどなのだ。さして人生が変わったというわけでもないともいえた。

長野からは、夕方までに銀座の裏通りにある、二階建ての天麩羅屋への地図をファックスしてきた。店のなかに入ってから、私は、その店に何度か来たことがあることに気づいた。初めてある依頼者に連れてこられたとき、小さな海老を何匹も客の好むままに揚げてくれる。揚げ手をコの字形に囲んで客が座り、私はその小さな海老の甘い美味しさに感心してしまった。ただ、産地がどこか、しつこく聞いたが、それも忘れてしまっていた。店の名前も忘れていた。ただ、値段が自分で賄うには高すぎるという知識だけが、どういうわけか、記憶の底に残っていた。

依頼者はこうして私を食事に誘ってくれる。それは、まったき好意のこともあれば、仕事の話をするためということもある。中には仕事の話であっても、弁護士としての報酬請求をされては困るというときに、食事代を負担することで私の気持ちをほぐした気になる、という人もいる。私は原則として仕事の話は自分の事務所ですることを好む。秘密の話を大声でするのに遠慮がいらないということもあるが、食事くらいはゆっくりしたいという気持ちもある。しかし、だからこそ食事の席で用談をする意義がある、といわれれば、その通りといわざるをえない。

長野の場合は、まったき好意と仕事の必要と、それに忙しい身で時間を捻り出す便利な方法という面もあった。もちろん彼も忙しいが、私も忙しい。しかし、どんなに忙しい人間でもたいてい食事はするものだ。

私はあまり夕食への誘いを好んでいない。何といっても時間がかかる。それに、アルコールが入ると、その後の仕事に差し支えてしまうからだ。だが、長野は当然のことだが例外だった。

英子は、しばらく見ない間に少し太った様子だった。ゆったりとした腰からつながっている下半身全体を、淡い緑色のスカートに包んで、ゆっくりと食べ、長野と私のグラスに時折ビールを注ぎ足してくれる。半ば白い髪に大きなウェーブがあったが、それが自然のものか人工のものか、私にはわかりようがない。二人が話している間に、彼女が声を出すことといえば、揚げ手に聞かれたときの、「もう結構です」といった簡単な言葉だけだった。以前、長野の白金台のオフィスで何度か会ったときの印象とはまったく違う。長野の隣に座っていたが、二人の間にほんの少しも空間が存在しないでシャム双生児のようにくっついているような、そんな不思議な雰囲気が二人の周囲に漂っていた。

「先生、そろそろまたやろうか。株主総会も近いし、何かできるだろうと思ってるんだ」

長野は、子供が遊び仲間に悪戯の相談でも持ちかけるような調子だった。大人には秘密の計画を練って、あっと言わせてやろう、とでもいい出しそうな顔をしている。

「コロンビア・システミックという会社の委任状を取れるようにしてほしいんだ。考えてみれば、あそことウチの株を合わせるだけで六割を超えるんだよ。

とにかく、栗山大三を昭物から追い出さないと、ウチの奥さんが毎日おかんむりなんだ」

長野がそこまで上機嫌にしゃべったとき、私は思わず英子の顔を見ていた。

「いやね。先生、本気にしないでくださいよ」

言葉は私に向かっていたが、微笑の中央にある目は二つとも長野に向けられていた。そして、長野は、その微笑みを吸い込まんばかりの間近で、唇を強く左右に引いて、目尻にたくさんの皺を寄せていた。私がいなくて、目の前の天麩羅鍋がなかったら、二人は軽く唇を触れ合ったに違いない。私は、私よりも十歳以上も年上の男女のじゃれ合いに、一種嫉妬を感じた。

（この人たちは、どうしてこれほどにも神に愛されているのか）

私は、すったもんだの挙げ句、何人かの愛人のうちの一人と正式に結婚したという栗山大三のことを思い出していた。彼もまた神に愛された人間の一人のはずだった。

その、神に愛された男の運命を変える相談を私たちはしている。

私には、一つの計画があった。その計画によればコロンビア・システミックは、私のシナリオに従うはずだ。

私は、要旨こんなことを考えていた。

栗山大三の行状は変わっていない。とすれば、昭物の子会社である虎ノ門不動産との本社の賃貸借を巡る契約の条件も変わっていないはずだった。あの書き直された契約書に基づいて、毎月不正が繰り返されている。当事者は慣れきっていて、もう不正とも何とも意識していないだろう。しかし、事実は何一つ変わっていない。変わったのは、昭物が、もう栗山大三のやることに文句をいうことの決してない人々だけを株主にしてはいない、ということだ。そういっても、私は首都産業のことを指しているのではない。私はコロンビア・システミック社のことをいっているのだ。コロンビア・システミックという会社がアメリカの会社である以上、こうしたことについて、知らない間はともかく、知ってしまえば、コロンビア・システミック自身の問題として、放っておくことができないことを、私は自分の依頼者であるアメリカの会社の言動からわかっていたのだ。

その上、私は、コロンビア・システミックに株を割り当てたとき、コロンビア・システミック側の条件の一つが、昭物の会計監査人をビッグ・ファイブの一つに入れ換えることであったことを、ビッグ・ファイブのパートナーで公認会計士の友人から聞いて知っていた。その取り決めは世間に公開されてはいない。しかし、その約束に従って、昭物は従前の会計監査人を辞任させて、仮の会計監査人という形式でビッグ・ファイブの一つ、リチャード・クレマンソーを監査役会の決議で選任していた。会計監査人は、商法によれば本来株主総会で選任されなくてはならない。監査役会で選任するのは例外なのだ。しかし、株主総会を臨時に開くことなど、昭物に限らず、どの上場会社だってやりたいことではない。それで、昭物は、誰かの知恵で、以前から監査を担当していた個人の公認会計士を無理やり辞任させ、そのことで会計監査人の欠けた状態を作り出すことによって監査役会での選任を正当化し、それで臨時株主総会の開催を回避したのだった。

リチャード・クレマンソーは「RC」という略称で広く世界中に知られている。もともとアメリカとイギリスを主な基盤とする公認会計士事務所で、その監査能力には定評があった。コロンビア・システミックの監査をやっている関係から、当然のようにコロンビア・システミックが昭物の会計監査人に指名したのだ。コロンビア・システミックの手足の一つとして機能していることは、自明のことだった。

国際的な取引、ことに国境を越えた企業の買収の仕事をしている弁護士は、ビッグ・ファイブのどことも何度も繰り返し仕事をする。私もその例に漏れない。従って、リチャード・クレマンソーの日本人公認会計士の真木勇一《まきゆういち》とは、友人同士といってよかった。共通の依頼者はたくさんいたし、一緒に取り組んでいる仕事がなくても、毎月といっていいほど、一緒に昼ご飯を食べていた。

「私の友人でなくても、リチャード・クレマンソーのパートナーであるあの男があの虎ノ門不動産の件を知れば、それが私から出た情報かどうかに関係なしに、リチャード・クレマンソーは必死になって調べるでしょうね。それが仕事なんですから。それに、彼らの故郷のアメリカでは、公認会計士事務所相手の訴訟は花盛りだ。例の国際的な銀行スキャンダルのCCDIグループの事件は長野さんもご存じでしょう。あれで、ビッグ・ファイブの一つは何千億っていう訴訟を抱えたっていう話ですよ。だから、あだやおろそかには、仕事のできない世界なんです。いくら報酬のダンピング競争が激しくっても、それとは別のことです」

私は、長野に新しい作戦の可能性のさわりを話した。

長野は、あれほどの事業を支配しているビジネスマンにしては意外なくらい、ビッグ・ファイブや公認会計士、それに会計監査ということの重要性について疎かった。しかし、知識としては一通りのことを知っていたから、

「ふーん、リチャード・クレマンソーか。そんな舶来のところに頼んだなんて、昭物も気の

毒だな。第一、計理士が自分の子飼いじゃないなんて、どんな感じか、私にはよくわからんなあ」

計理士、という古い言葉で公認会計士のことを表現した。

翌日、私はリチャード・クレマンソーのパートナーの真木公認会計士に電話を入れた。

「昼、空いてない？」

偶然、真木はランチの約束を入れていなかった。

「一時から新しい依頼者が来ることになっているんだけど」

その言葉の意味するところは、弁護士でも公認会計士でも同じだ。新しい依頼者の獲得という仕事は、常にプライオリティ・リストの上の方にある。

「クイック・ランチといきましょう。場所はそちらの事務所の上のレストランがいいか」

私は、虎ノ門不動産のビルの契約書のコピーを鞄に入れた。コピーは見せるだけでいい、渡す必要などなかった。必要なら、彼が自分で昭物から手に入れるだけのことだ。

私が、今日、昭物の会計監査人であるリチャード・クレマンソーの公認会計士に、虎ノ門不動産と昭物の本社ビルの賃貸借契約書、栗山大三の書き込みのある書類のコピーを見せた後、何が始まるのか、私は確実に予想することができた。もちろん、真木は、昭物を担当しているわけではない。しかし、監査法人の代表社員である真木は、昭物の担当の公認会計士で同じ代表社員の人間と、無限の連帯責任を負っているのだ。そう公認会計士法に書いてある。真木が昭物担当の同僚のところへ飛び込んでいく姿が想像できた。

　公認会計士の仕事は弁護士とは正反対のところがある。

　この虎ノ門不動産の情報にしたところで、伝える相手が昭物の顧問弁護士だったら、何かが起こる可能性は少ない。顧問の弁護士は、原則として現在の代表取締役を支えること、それも相当の努力を払って現在の経営陣のしていることを正当化することが、役割の一つなのだ。弁護士によっては、虎ノ門不動産の件を知っても、知れば悪質な背任の可能性を瞬時に嗅《か》ぎ取るに決まってはいても、そのまま沈黙を守ることだってありうるのだ。顧問の弁護士は、社長個人の使用人ではないから、社長の身に危険なことを知ったとしても、すぐにご注進に及ぶとは限らない。保守的な弁護士であれば、会社からの相談があるまで、自分の口を固く閉じていることが弁護士の義務だ、と思うかもしれない。社長と信頼関係の薄い顧問弁護士であれば、自ら紛争の火種を会社に持ち込むことは、むしろ恥ずべきことと受け止めるかもしれない。

　公認会計士は、そうはいかない。彼らは、実質は現在の経営陣から選ばれてはいても、その本来の忠誠心は別のところにあるのだ。彼らは、会社から報酬をもらいながら、会社の外側の人間たちのために働いている。そういう不思議な種族なのだ。しかも、その外側の人間たちは、今の株主に限られていない。将来株主になる人間、今のところはまったくの赤の他人、のためにも職務に携わっている。そういう仕事なのだ。

アメリカの会社は、こうした公認会計士を信用し、大事にする。系列の会社があれば、そこもすべて本社と同じ公認会計士事務所に監査させることは、当たり前のことだ。日本企業と合弁会社を作るときにも、アメリカの会社は、自分の公認会計士事務所を監査にあたらせるようにしたがる。それは、経営者が自分の会社、グループの実態を正確に知るための、唯一の方法といってもいい。そのために、アメリカの経営者は、会社の外側にいる、独立の第三者である公認会計士事務所に頼る。コロンビア・システミックも例外であるはずがなかった。

それに、私が昭物の筆頭株主である首都交易を含む首都産業グループの顧問弁護士であることは、改めていわなくとも、真木は百も承知している。万一、リチャード・クレマンソーが見逃しても、首都産業は、私と私の友人であるアメリカの弁護士たちを使ってコロンビア・システミックの経営者の責任を追及するかもしれない。さらに、コロンビア・システミックの現在の社長が無視しようとしても、コロンビア・システミックの社外の取締役が誰だかは、簡単に知ることができる。コロンビア・システミックの社外の取締役は、誰に知らされたにせよ、自分が社外とはいえ取締役をしている会社がたくさんの株を保有している日本の会社で、公然と不正行為が行われているのに、コロンビア・システミックの社長がそのことを見て見ぬふりをしていると知ったら、さっそくその社長を取締役会で問い詰めるだろう。そうしなければ事態は自分に対する訴訟にいたるかもしれないのだ。

そうしたことのすべてを、プロフェッショナルとして、真木は承知していた。

株の割り当てをする代償の一つとして、会計監査という城を明け渡すことが、これほどのことを意味するということを、栗山大三は予測もしなかったのだろう。私は、一面で彼への同情を禁じえなかった。彼の長いビジネスマンとしての経験では、決してそういうふうには物事は動いてこなかったのだ。確かに、外部監査という制度はあるにはあった。芝居の書き割りのように、厳然と、静かに動かないものとして、機能しないものとして、あった。それが、栗山大三がビジネスマンとしての人生を送ってきた環境だったのだ。

しかし、彼の気づかないうちに、舞台が回っていた。

11

昭和物流機械製造の定時株主総会は、平成十三年六月にも、いわゆる集中日に開催されることになっていた。前回の総会後、コロンビア・システミックへの株式の第三者割当増資をしていた。それに、首都産業グループから公開買付で狙われたりもしていた。総会屋でなくとも、株主であれば出席して、何かひとこといいたくなるところだ。会社が集中日にしない理由は何一つなかった。

会場は、例年と同じ文京区にある大きなホテルだ。このフォンテヌブロー・ホテルが開業して以来、それまでの会場だった地方公共団体の施設からこのホテルに変更して、もう十回以上の株主総会が開かれている。もちろん、すべて六月に開催される定時の総会ばかりだ。

ホテルの入口に大きく縦書きで「昭和物流機械製造株式会社第六十五回定時株主総会会場」と看板が出ていた。例年と同じだった。変わったことといえば、その横に、サイズはずっと小さいが、アルファベットで同じことが記載されていることだ。「アメリカの方に株主になっていただいたんだ、そのくらいの配慮をしなさい」そう社長の栗山史郎が総会の担当者にいいつけたのだ。SHARE と HOLDER の間が一字分空いているのが、ご愛嬌だった。

二階の会場の奥に、役員の控室が用意されている。栗山史郎は、その中央、奥に一番乗りで座っていた。そして、総会の担当員である、総務課の砂田を何度も呼びつけた。

「どうしたんだ、ミスター・テーラーはまだお見えにならないのか。え、ホテルはお出になったのか。車の手配はきちんとしてあるんだろう」

声を潜めてはいても、鋭い語気が史郎の苛立っていることを示していた。

「ホテルはもうお出になっています。尾上《おのうえ》君が、ホテルのロビーで確認しています。車は、ウチで手配してあると昨日申し上げたんですが、なんですか、アメリカの方で出発前にすべてインターネットで準備ずみだから、とおっしゃって」

史郎は、本当は昨夜、コロンビア・システミックの代表者として来日している専務格のEVP（エグゼクティブ・バイス・プレジデント）であるジョナサン・テーラーを夕食に招待したかったのだ。そこで、酒を交えつつ、翌日の総会の手筈《てはず》について、いかに完璧な手順が組まれているかを説明することで、テーラーの出席が実はまったく形式的なものでしかないことを念押しして、コロンビア・システミックが現在の昭物の経営陣にとってさしたる重みのないことを暗に示しておくつもりだった。しかし、史郎が以前にその計画を話したとき、総務担当の常務が色をなして反対した。株主への利益供与になる、という理由だった。

（議決権行使書を出してこないで、自分で出席する、っていうが、それがアメリカ流なの

か)

栗山史郎が腹立たしい気持ちでいることには、それなりの理由がある。

今回の株主総会は、二年に一回の取締役改選の総会にあたっているのだ。いかに形式とはいえ、やはり株主総会で選任の決議を経ることが取締役にとっては必須条件だった。この一日、取締役の首は一瞬だけ体から離れて宙に浮く。そして一日が無事に暮れるとその体にすっぽりと納まるのだ。

(まったくあいつら。アメリカ人かもしれないが、ここは日本なんだ。昭物は日本の会社なんだよ。そいつを忘れてもらっちゃ困る)

史郎が少しコロンビア・システミックに対して非難めいた気持ちになるのも、もう今日の議決は決まっているという安心感からだった。事前に総会の招集通知に同封してあった議決権行使書を首都交易が返送してきたのだ。それも、すべて会社案に賛成、という内容だった。首都産業グループとは、公開買付の一件以来何の接触もなかったから、昭物としては狐につままれたような思いだったが、確かに議決権行使書には首都交易の印鑑が押されていた。

(結局のところ、ウチは株主にそれなりに報いているからな。配当利回りが二パーセントを超えてるんだから、ウチの株主っていう立場も悪くない、ってわかったのかな)

史郎がそんなことを考えているときに、部屋の反対側の入口に砂田が駆け寄ってきて、うれしそうに顔を崩しながら、両手で大きな輪を作ってみせた。コロンビア・システミックのテーラー氏が来た、という合図のつもりに違いなかった。

（ほう、やっと奴《やっこ》さん、ご登場ってわけか）

黒と灰色の無彩色ばかりの頭が並んでいるなかに、ぽつんと金髪が見えた。史郎は、自分からテーラーに駆け寄って手を握りたい心境だったが、それも他の株主の手前、控えざるをえない。

午前九時五十七分になる。総務の砂田が、部屋の隅に立って、大声を張り上げた。役員の入場開始だ。

会場は、いつもの通りだった。いつもの通り、あらかじめ決められた通りのことがこれから起きるのだった。

私は、その時刻、そのフォンテヌブロー・ホテルの最上階にあるスウィート・ルームに長野と一緒に陣取っていた。長野には、昭物の株主総会に出席するつもりなどない。しかし、私と一緒にその部屋にいたのは、長野だけではなかった。私がいろいろな案件で相手方にすることの多い石野誠《いしのまこと》弁護士がいた。

石野弁護士は、日本で最大の法律事務所といわれている道野《みちの》・中沢法律事務所のシニア・パートナーの一人で、私とは妙に縁の深い間柄だ。一時は彼との間には六件もの案件が同時進行であり、お互いに電話をするたびに「今日はどの件の話？」という言葉が挨拶がわりになっていたほどだった。

石野弁護士は、コロンビア・システミックの日本における代理人として私の目の前にいた。コロンビア・システミックの代表者であるジョナサン・テーラーが昭物の株主総会に出席している間、この部屋で待機しているのだ。私は、彼の濃い眉毛の生えた、ちょん髷《まげ》の似合いそうな顔を眺めながら、この二カ月間の私と彼とのやりとりを思い返していた。

四月下旬の、ゴールデン・ウィークにはまだ間のある日に、私の方から彼に電話を入れた。リチャード・クレマンソーの真木勇一と会ってから、私なりに十分な時間をおいたつもりだった。石野弁護士がコロンビア・システミックの日本での法律顧問だということを、私はあらかじめ調べ上げていた。

「やあ、お久しぶり」

そう切り出してから、私はしばらく最近の法曹界の事情、ことに修習生の弁護士への採用の状況などについて話をしていた。何年か前に司法試験の合格者数が増えるまで、法律事務所にとって修習生は文字通り「金の卵」だった。最近は、卵の中身について多少は気にすることができる。

「で、本題は何？」

石野弁護士がせっかちに尋ねる。

「コロンビア・システミックのこと。というか、昭物のこと、かな、こちらからいうと。そちらからいうと、ジブラルタル・プロモーション社のことかな」

「ふーん」

そう答えた石野弁護士の口ぶりは、何かを予期していたように私には聞こえた。

「そろそろ、昭物の株が重荷になってるんじゃないかと思ってね」

私は、石野弁護士との間では、率直に話すことがベストだと知っている。駄目なものはノー、できることはイエス、という回答は、私などからみるともう少し余韻があってもいいのではないか、と思うほどで、いつもその場で、物事をハッキリとさせるタイプだ。

「重荷？　いい投資と思ってるんじゃないかな、知らないけど」

「でもリチャード・クレマンソーは困ってるだろうよ、本社のビルの件では」

私がいうと、

「本社のビル？　ああ、あそこほしいのか。でも、売るかなあ」

と、石野弁護士は切り返した。

「ビルなんか、今どきほしくないさ。ほしいのは、会社。昭物だよ。コロンビア・システミックの持ってる昭物の株、二十八・六パーセント、売らないかな」

いかに石野弁護士相手とはいえ、私は自分が事を急ぎすぎていると感じた。どうやら、この件になると長野のせっかちぶりが伝染してしまっているのかもしれない。しかし、私は、このやり方が石野弁護士に対しては最も有効だという確信があった。

「そうすりゃ、持てあまし気味の栗山大三氏、虎ノ門不動産代表取締役会長殿、との関係も、きれいになくなる」

私はそう付け加えた。

「売らないね。そりゃ無理だ。だってそうだろう。君のとこに売れば、栗山大三氏と史郎氏は確実に追い出される。そうとわかってて株を売るなんて、いくら外資だからって、無理だ。無理だよ」

私は、石野弁護士が三回も「無理」を繰り返したことを聞き逃さなかった。

「ウチは昭物の筆頭株主だ。その筆頭の地位を賭《か》けて、今度の株主総会で栗山を馘《くび》にする、っていったら、おたくはどうする？　反対ができない事情があるだろう、ご存じの通り」

「栗山史郎氏のことをいってるのかな。いずれにしても、おたくが昭物の筆頭株主であることは、客観的な事実だもの、争うつもりはないよ。おたくが栗山氏を再任しない、っていうんなら、それはそれで他の株主さんに働きかければいいことで、首都産業さんの自由だ。ただし、実現はしない。過半数は無理だな。ウチが二十八・六パーセント、その他に絶対堅いところが二十五パーセントはあるそうだ」

「昭物と虎ノ門不動産との本社ビルの賃貸借のことを知りながら、コロンビア・システミックが栗山史郎氏を馘にしないですます、ってことは、コロンビア・システミックの代表者の意向はともかく、会社の意思、ボードの決定としてはできないんじゃないか」

「その、本社ビルがどうのこうの、っていうのは、僕は知らないなあ。ほんと、正直いって。本社ビルねえ」

　そういいながら、石野弁護士は本社ビルの件の中身について私に何も尋ねてはこない。

（やはり、知ってるな。たぶん、もうコロンビア・システミックに相談されているってことだ。やっぱりそこまできてたということか）

　私は、この瞬間、自分のシナリオが実現に向かって進んでいる、その後ろ姿を眺めているような気分になった。

「売る時期はいつでもいい。売る理由は、僕の方で何かまっとうな理由を考える。ジブラルタル・プロモーション社を首都産業がコロンビア・システミックに売却することとパッケージ・ディールということでどうだい。しかも、その資金の相当部分は、コロンビア・システミックの昭物への投資、短期間で実現した素晴らしい果実で賄われることになる。ジブラルタル・プロモーション社は、どの外資もほしがっている会社だから、コロンビア・システミックも喜ぶんじゃないか」

ジブラルタル・プロモーション社というのは、首都産業グループの中の隠れた一社で、若者向けの音楽やイベントの主催などを中心にした会社だ。何人かの歌手やグループを育て上げたある著名なプロデューサーが表向きのオーナーだったが、実際には創立のときから、長野が道楽半分で首都産業から資金を提供してきたのだ。表向き首都産業グループと何の関係もないことになっているにもかかわらず、どうやって調べ上げてくるのか、ジブラルタル・プロモーション社を買いたい、という話がうるさいほど持ち込まれることは私も大里から聞いていた。その買いたいという熱心な会社の一つがコロンビア・システミックだったのだ。

そのときの大里の話では、

「どういうわけだかえらく熱心でね。でも、オヤジは売らないね。あれで、オヤジはあの会社に心底惚れ込んでるからね。会社、っていうより、黒河内《くろこうち》さん個人にかな、あの」

ということだった。

「黒河内さん」と大里がいったのが、ジブラルタル・プロモーション社の表面的なオーナー・プロデューサーの黒河内蒼洋《そうよう》だった。長野が黒河内蒼洋に惚れ込んでる、という大里の解説は私にはよくわからなかったが、ジブラルタル・プロモーション社が最近の若い日本人の間で強い人気を博していることは、大里に話を聞く前から、私にも何となく理解できるような気がしていた。要するに、ジブラルタル・プロモーション社の音楽からは、日本人に生まれたことを積極的に肯定して生きていこう、というメッセージが感じられるのだ。

ジブラルタル・プロモーション社を今回の切り札にしようと長野にいい出したのは、私だった。石野弁護士との電話の前に、そのことを私が切り出すと、長野は、「あれを手放さないといけないのか」とひとことだけいった。しばらくの沈黙があった。長野にしては、めずらしいことだ。椅子に座ったまま目をつぶり、頭を左右にゆっくりと何度も振っていた。

「黒河内蒼洋のいうこと、先生、よく聞いてやって、あいつが『いいですよ』っていう条件にしてやってくださいよ」

そう長野はいった。その言い方の中に、三十歳以上も年齢の違う黒河内蒼洋への愛情と尊敬が込められていた。

石野弁護士との間で大筋の合意を、私はゴールデン・ウィークの前に作り上げた。それから、昭物の株主総会のための作戦を考えるよう、辻田弁護士に指示して、休みに入った。それが約二カ月前のことだ。

五月八日、辻田弁護士は作戦をA４で二ページにまとめていた。

ポイントは、昭物側に首都産業とコロンビア・システミックの連合が成立したことを決して悟らせてはならない、ということだった。辻田弁護士の分析によれば、もし昭物側がこの連合の存在に気づくと、再び第三者割当に頼ることが考えられるというのだ。しかも、第三者割当で新しく発行された株式についての議決権は、三月三十一日を名義書き換えの閉鎖日にしているのに、そんなことにはお構いなしに、払い込みさえあれば、すぐに行使できるという。

それだけではなかった。もし栗山側が株主総会の乗り切りができない、と見通した場合にはもっと劇的なことが起こる可能性があった。辻田弁護士は、栗山側が、一種の焦土作戦にも似た方法で昭物の財務内容を一挙に悪化させることがありうることを指摘していた。

「このような方法によった場合には、栗山史郎現社長以下の取締役および監査役ならびに主要な従業員は特別背任罪に該当する可能性があるものの、そうなると、昭物の株価はさらに下落することが予想され、既存の大株主にとっての損害は計り知れないものとなることが予測される」

そう辻田弁護士のメモには記載があった。

辻田弁護士のいっていることは、私には自分の危惧《きぐ》を裏打ちしてくれるものでしかなかった。

そうだという直観は初めからあった。ただ、私に必要だったのは、それを理論だてて説明し、その英訳がコロンビア・システミックの取締役会で説得力あるものとして是認されることだった。もちろん、石野弁護士が同趣旨のオピニオン・レターを書いて辻田弁護士のメモの趣旨を裏打ちしてくれることは当然の前提としていた。

私は、今回の昭物の株主総会用の首都交易代理人として、首都産業の取引先でも長野の信頼の厚い遠山康介《とおやまこうすけ》を選んだ。遠山も遠山の会社も、その名前だけで誰とわかってしまうほど知られてはいない。そして、私は遠山に、株主総会の当日、午前十時ぎりぎりに会場に入るように指示した。通常であれば総会の開始後であっても遅れて入場することはできる。しかし、今回は違う。首都交易の議決権行使書は、昭物側に悟られないために、わざわざあらかじめ原案賛成として昭物側へ提出してあった。そうやって昭物側を安心させておいて、当日の総会に代理人が出席する。そうすれば、議決権行使書と違う内容の議決ができるのだ。コロンビア・システミックにも同じようにすることを私は石野弁護士を通じて打診したが、コロンビア・システミックとしては相手を騙《だま》したと取られかねないやり方は好ましくない、という結論だった。確かに、八カ月前に味方になるといって割り当てられた株について、こうした方法をとることには抵抗があってもやむをえないと思われた。

それで、コロンビア・システミックからは代表者として、わざわざ日本担当のＥＶＰのジョナサン・テーラーが来ることになったのだ。

株主総会の開始直前、議長席の後ろに教科書通りに陣取った総務の担当の人間のところへ、受付から引きつったような表情の男が駆け込んできてメモを渡した。総務の担当である砂田は、すぐに自分の手元の紙に書き直して、議長の横に座っている副会長の入田に渡す。それを見て、入田が立ち上がると、議長の栗山史郎に紙切れを示しながら耳元に囁きかけた。史郎の視線が、会場を彷徨う。どこに「その男」がいるのか探しているのだ。その間にも、砂田は臨席している顧問の弁護士と話していた。弁護士がしきりに首を左右に振っている。砂田は、もう一度メモを書き上げて、今度は直接栗山史郎に突きつけるように手渡した。

すでに午前十時を回っていた。会場がざわめきはじめていた。砂田から合図が送られると、事務局の男が、

「皆様、定刻となりましたが、準備にいま少し時間を要しますので、このままご静粛にお待ちください」

とマイクを通じて告げる。

そのとき、議長席の史郎が、隣の副会長の入田を促して立ち上がると、砂田に指示して顧問弁護士も一緒に立ち上がらせ、そそくさと出口に急いだ。会場からは、もはや遠慮のない声で「どうしたんだ」「延期か」といった声が上がりはじめていた。

史郎は、廊下に出ると、顧問弁護士の背広の袖を引っ張ってさらに奥に進みながら、質問を浴びせた。

「開かない方がいいんですか。どうしたらいいんですか」

顧問弁護士は、事務的な口調で、

「いや、開かないわけにはいかないでしょう」

と繰り返す。

史郎が、砂田に怒声を浴びせる。

「え、どうなんだ、砂田君。開いたってどうにもならんじゃないか。え、先生はいったいどうしろっていってるんだ」

砂田は、顧問弁護士の顔に自分の顔をくっつかんばかりに近づけると、

「先生、今日は総会をやらないほうがいいんでしょう。それとも、突っ走りますか」

と尋ねた。顧問弁護士は、冷静になるようにと自分をはげましている様子だ。

「いや、開かないわけにはいかないでしょう。第一、こちらが開かなくたって、結局は株主だけでやってしまうでしょう。株主総会は株主の多数決で決まるんですから」

そう、自分で自分に説明するように、いった。

史郎は、

「そうはいかない。そうはさせない。これはウチの会社なんだ。お前みたいな弁護士なんか、出ていけ」

と嘲《あざけ》るように叫ぶと、会場にかけ戻っていった。

その後のことは、すべて私の予想したいくつかのケースの一つでしかなかった。栗山史郎議長は、取締役の改選の議案の前で議事を止め、そこで株主総会の延期を一方的に宣言したのだ。待ってましたとばかり、会場の前部三列ほどを占める従業員の株主が「異議なし」と大声を上げる。すかさず、私の指示で会場に入っていた首都産業の関係者たちが、

「議長交代。遠山康介氏が議長だ」

と叫んだ。

その叫びに続いて「賛成、賛成」という怒鳴り声が何台かの携帯電話を通して聞こえた瞬間に、私たちは廊下から議場に入った。事務所の若い弁護士を十人ほど従えていた。その全員が手に手にハンディ・マイクを持って、「議長交代の動議が成立しました」と声を上げている。

手筈通り、首都交易の委任状を帯びている遠山が議長席の方に誘導された。しかし、昭物の従業員たちが人垣を作っているので通り抜けることができない。そこで、若い弁護士たち

がその場で遠山を取り囲むと、遠山が、若い弁護士の一人が掲げるハンディ・マイクに向かって、辻田弁護士が書いた台詞を早口に読み上げた。首都産業側の指名した七人の取締役を選任するのに、十秒間とかからなかった。自分の席のところで立ち上がってしきりに金髪をかき上げているジョナサン・テーラーの横には、いつの間にか石野弁護士が寄り添って、事の成り行きを英語で説明しているようだった。私は、横目でテーラーが何度も頷くのを確認した。

三分後には、代表取締役選任のための取締役会を含めてすべての手続きが終わっていた。辻田弁護士が携帯電話で法務局の窓口にいる弁護士に連絡をとりおわるのを待って、私たち全員は会場から引き上げた。

12

私は、栗山大三と史郎が法廷闘争を挑んでくるものかどうか、首都産業の代理人としての職業的な興味ばかりでなく、個人的にも大いに関心を抱いていた。ああしたことを会社にしてきた人間、自分の好き勝手を個人としても公人としても通してきた人間が、会社から法的手段で追い払われたとき、果たして裁判所というものに頼るものなのかどうか、私にもどちらとも予測がつきかねたのだ。

辻田弁護士は、

「まさかそんなこと恥ずかしくってできないでしょう」

という意見だった。若い塚山弁護士は、

「でも他に方法がないですし、それに、裁判所はどんな人間の申し出でも、決して入口では拒まないのがいいところです」

と反論した。私は、どちらかというと、塚山弁護士の意見が実現することの方を望んでいたと思う。

現実には、私の希望はかなったという結果になった。栗山大三が株主という資格で、栗山史郎は株主と前の取締役という資格で、新しく選任された昭物の代表取締役と取締役の職務執行停止、それに代行者の選任を東京地方裁判所に申し立てたのだ。第八民事部だった。

私は、専門家としてみれば、栗山大三と史郎のやっていることはまったく無駄な精力の浪費でしかないと、立場が反対なので気楽に考えていたが、長野の考えはまったく違って、私を驚かせた。

「先生、あいつ、一線を越えましたね。とうとう自分で自分の会社を訴えるなんて。あいつも落ちるところまで落ちたな」

長野は私を自分の白金台のオフィスに呼びつけると、そういい放った。上機嫌にはずんだ声がオフィスじゅうに響きわたる。

「破滅させてやる。いいましたね、ビジネスマンになったことを後悔させてやる、って。その時が来たようです。私がやりたいんじゃない、でも、あいつに反省がない以上、誰かがやらなくっちゃいけないんだ」

二時間後、長野からの、刑事告訴の依頼を辻田弁護士に伝えながら、事務所の自分の部屋で私は複雑な気分を味わっていた。これまでも何度か、同じようなことを同じように処理してきていた。栗山大三と史郎は、たぶんいずれ近いうちに逮捕されるだろう。長野の勢いからは、個人としての破産も免れないに違いない。もはや従前の生活レベルを維持することは望めないどころか、一挙に文字通りの一文なしだった。それに、刑事事件でも、問題の金額が何十億という単位だったから、執行猶予となることはまず望み薄と思われた。何年もの裁判の挙げ句、結局刑務所に収監されることになるのだ。

(あの男、そんなに悪いことをしたのだろうか)

悪いことをしたことは間違いなかった。公私混同なのだ。会社の財産を個人の目的のために費消する、そのために会社からお金をかすめ取る。

問題は「そんなに」の部分だった。漠然と、私はこんなことを考えていた。

(もし、個人の所得税の税率が今よりも格段に低かったら、そして、世間が会社の首脳である人間は、働きに応じて何億何十億という報酬を得ても当然だ、とアメリカのように考えていたら、栗山大三はあんなことをしただろうか)

それは、つまり、ストック・オプションという制度が栗山大三の目の前にあれば、栗山大三は、堂々とストック・オプションで大金を得たのではないだろうか、という疑問にいい換えることもできた。

(今のアメリカでの、サラリーマン上がりの経営者に対する報酬はどうだ。何百億円という、ちょっと昔なら大企業を創業した人でなければ考えられないほどの大金を手にしている人もいるではないか。

栗山大三が昭物を大企業に育て上げたことは、確かな事実ではないのか。栗山大三という男がいればこそ、何千何万という人間が仕事に就いて家族を養い、子供を育てることができたのではないか。

もし、昭物が他人の手に、せめて敵対的な他人の手に渡るようなことさえ起きなければ、栗山大三は、今ごろ平穏に安楽に暮らしていたのではないか。彼はそれに値することを昭物に対して、いや世間に対してしてきたのではないか）

「なにごともご時世だね」

私は、めずらしく黙り込んでいる私を不思議そうに見つめている辻田弁護士の視線を感じて、そうひとことといった。

告訴状を東京地検の特捜部に提出した日、夜のテレビのニュースは栗山史郎の自殺を報じた。テレビの報道は、彼が刑事告訴の対象になったことを原因として伝え、そうなった経緯を、義理の叔父の栗山大三の養子として昭物の後継社長になった後、首都産業の公開買付にあったこと、その脅威をコロンビア・システミックという外資と提携して乗り切ったものの、その後その外資と決裂したこと、そして今年の株主総会で実質的に馘になったこと等を要領よくまとめて伝えていた。しかし、私はその報道の中に「栗山史郎氏は、その義父である前任の社長と公開買付をした会社の代表者との公私両面での確執の犠牲になったという声も一部にある」という一節があったのを聞き逃さなかった。まだ大企業のトップとしては若い、三十五歳という年齢であることも、血筋で社長になったことも、今となっては同情をさそう要素に転化している。細面の顔に切れ長の目があって、神経質そうに鼻筋が通っているところも、テレビの画面で写真として眺めると、悲劇の貴公子、といった趣があるように見えた。何よりも「公私両面」という言葉が気にかかった。

その夜のうちに、長野からの電話が携帯に入った。午後九時ごろで、私はまだ外で香港からの依頼者と食事の途中だった。

「先生、英子のところへ週刊誌が殺到してる。いや、記者の連中はウチの広報にやり過ごさせたけど、問題は記事だ。前のこともあるから、英子はひどく心配しているんだ。どうしたらいいかね。何とかならんかね」

長野の口ぶりには、さして心配はしていないようなところがあって、私を不思議な気持ちにさせた。

レストランの廊下に出て携帯電話で日本語の会話をしていた私は、再びテーブルに戻ると英語での会話に戻った。そして、しばらくして、

(あ、これは危ないぞ。長野さんにはわからないんだ。英子さんの不安な気持ちが少しも伝

わっていない）

「伝わっていない」のではなくて、もともと長野には、そうした感受性が存在しないのだった。自分に挑戦してくる人間は、彼にとっては恰好《かっこう》の人生の標的なのだ。たくさん来ればそれだけ打ち落とした数、成果が増える。それは、彼にとって生きて呼吸していることと等しい。

しかし、英子はそのようにはできていない。他人の噂の対象になることに怯え、他人に陰口をたたかれたり後ろ指を指されたりすると想像しただけで、体じゅうの血が逆流したように感じる、そうしたごく普通の感受性を持った人間なのだ。長野のような人間と一緒にいることは、彼女にとって偶然にすぎない。

長野は、世の中にはそういう人間もいることを想像もできないタイプの人間なのだった。最も身近なはずの英子を、彼は理解しえないのだ。

私は、香港からの客人をホテルまで送り届けると、長野に電話を入れた。長野ではなく、英子がどうしているのか、知りたかったのだ。

「ああ、先生、遅くまでたいへんだね。え、英子？　英子はめそめそばかりしてるから、睡眠薬飲ませて、ベッドに寝かしつけたところだ。それより、週刊誌、何とか記事にさせない方法、考えてよ、頼んだよ」

長野は、書斎で電話を取ったらしく、隣に英子すらもいないせいで饒舌だった。深夜の十一時を回っていた。私は気の毒に思いながら辻田弁護士の家の電話を鳴らした。彼女はすぐに出た。まだ起きていたようだった。詫《わ》びをいうと、

「先生がこんな時刻に電話してこられたんですから、プロフェッショナルな必要があってのことに決まってます。何をやりましょう？」

と、いつもの声で彼女の方から尋ねてくれた。


翌朝早く、首都産業の広報部長である幡沢《はたざわ》からこれまで取材の申込みのあったすべての週刊誌の名前をもらって、そこへ午前中にファックスでの警告文を送りつけた。昨日の深夜から今朝にかけて辻田弁護士が作り上げたものだ。長野英子個人の代理人としての資格を表示していた。ファックスで送った通りの内容を、速達の内容証明郵便でも送付した。主な内容は、私人である長野英子についての報道は、事実の如何《いかん》を問わず、すべて差し控えるように、もしこれに反した場合には、断固として刑事、民事の手続きをただちに執る、と記載してあった。最後に、長野英子本人へはいっさい連絡をせず、必要があれば弁護士の辻田美和子に連絡するように、との断りも添えてあった。

それから、私は知り合いの新聞記者、街乗恭《まちのりきょう》に連絡した。社会部の腕きき記者だった彼も

もうすっかり出世してしまって、今では三大新聞の一つ、東西新聞の編集委員の肩書を持っている。三十年来の友人だった。何度も彼に助けられたことがあったし、何回か特ダネを提供したこともある。そういう仲だ。以前、私が長野満の顧問弁護士になっていることについて、

「長野ってのは恐ろしい男だって、君は知ってのことだよね」

といった。私が意味を尋ねると、

「力というものの限界を知らない、少なくともまだ知らない人じゃないの」

と謎のような言い方をした。それは、私が長野と親しくなりはじめたころだったから、私の長野についての言い方が、多少ならず長野贔屓《びいき》だったせいでそういったのだろうが、いくら尋ねてもそれ以上のことは話してはくれなかった。

電話口に向かって、

「長野氏の奥さんが、なんでこんなに話題になるの？」

と私にしてみれば至極まっとうな質問をすると、街乗は、

「なぜなら彼女が長野のカミさんだからさ。その上、その女を巡っての戦いなんだろう、この間の昭物の乗っ取り合戦。そりゃ、興味持つなというほうが無理だ。そんなことより、君、今までどうして記事にならなかったか、知ってるのか？」

知らない、という私に、軽い軽蔑を込めながら、

「栗山大三だよ。あの男が、嫌ったんだ。

そりゃそうだよな、あの男にしてみれば、間男されたんだから、恰好悪いよな。その上、会社までとられて。

だけど、今や大木先生のご活躍で、栗山氏は塀の内側ってわけだ。それで、誰ももう遠慮しない、っていうことだ。気の毒だな、長野のカミさん。亭主が安全装置を外しちゃったんだからな」

と教えてくれた。

私がこういうと、

「しかし、長野氏は徹底的に戦う気だぜ」

「それが何になる。すべて事実だろう。栗山氏のカミさんが、栗山氏の艶福家ぶりに嫌気がさして、そこへ昔の不倫関係にあった元純情青年の、今や日本有数の金満家長野満氏が登場する。そして、栗山氏のカミさんは長野氏のところへサンダル履きのまま駆け込んだ、っていう話だ。それから、長野氏の栗山氏への復讐譚《ふくしゅうたん》の始まり、始まりだ。ところが、金持ちのやることは凄いね、上場している会社を買い取って、社長を馘にしようっていうんだから。あ、ここで凄腕《すごうで》の弁護士のご登場。これを忘れちゃ、山葵《わさび》抜きの寿司になってしまう。他の

誰でもない、君だ、大木先生だよ」

街乗記者は名調子で続けた。

「外資を巻き込んでの乗っ取り合戦、一敗地に塗《まみ》れたはずの間男君が、鉄腕大木弁護士の助けで外資との連合軍を組んで、乗っ取り合戦の第二幕の開幕、ときた」

そのころだった。街乗にはずいぶんとこちらの情報を流し、彼もそれに応《こた》えてなかなか硬派の、筋の通った記事を書いてくれたものだった。

「面白かったねえ。でも、結局は女の怨念《おんねん》に老人男二人がぐるぐる巻きにされた、って感じかな。『熟女シンデレラ』の物語も、最終幕が近づいたところで、やっと血糊《ちのり》も出てきて、いよいよ大団円だ。

どうなるのかねえ、教えてくれよ」

私は、ひやりとした。街乗は、決して冗談で講談まがいの話をしてくれたのではなかった。こういうふうにマスコミがとらえているよ、ということを教えてくれたのだ。

13

テレビや週刊誌が自分のことを「熟女シンデレラ」と呼んだことは、英子にずいぶんと応えたようだった。もともと、彼女にしてみれば、自分は被害者以外ではありえないと思っていた。誰もがそう信じてくれるはずだった。純然たる被害者で、それだけのことのはずだったのだ。

英子の周囲の人間たちは理解していた。しかし、マスコミは違ったのだ。

その中でも、一部の週刊誌にとっては、誰が被害者であるかよりも、誰が被害者であればお話として面白いか、というだけのことだった。長野はそこのところについて、初めからよく理解していた。長野にとっては、そうした馬鹿騒ぎが自分の周囲で起こることは、一種日常的なことにすぎない。しかし、彼は決して巻き込まれたりはしない。長野が理解していなかったのは、英子にとっては二重の意味で長野とはまったく事情が違うということだった。長野を取り巻くマスコミと英子を裸にしようとしていたマスコミとは別の種類の生き物なのだ。その上、英子は、どちらのマスコミにせよ、これまで無縁だった。

長野が昭物を買収したことは、敵対的な公開買付を通じての上場企業の買収という観点で、まったく新しいビジネス現象であり、それなりに注目を集めた。一流の新聞からテレビ、経済関係の雑誌、サラリーマンを読者とする週刊誌などは、何度かそのことについて特集を組んで報じた。そこでは、長野の買収の動機について、長野の広報担当が準備したこと、つまり昭物の世界市場におけるずばぬけた技術上の競争力に魅力を感じたこと、さらにそれが首都産業のグループ企業群とシナジー効果を持つことが期待されたこと、といった説明が、さしたる検証もなしに、そのまま流布されて、それでお終《しま》いになった。

だが、女性週刊誌とテレビのワイド・ショーのターゲットは英子で長野ではない。有数の資産家である長野も、そこでは英子のシンデレラ物語を真実らしく見せる王子様役が割りふられているにすぎない。

すべてが街乗の予言通りだった。

初めに英子について「熟女シンデレラ」という表現を使ったのは、テレビに出てきたレポーターと称する若い女性だ。瞬く間に、その形容が広がった。

「長野さんの新しい奥さまは六十三歳で、以前は別の男性の奥さんでした。その別の男性というのが先日逮捕された栗山大三で、栗山が社長をしていた会社を長野さんが、法的手段を駆使して買い取ったのです。そして、長野さんは買い取った会社の中身を徹底的に調べ上げて、前の経営者が不正行為をしていたと刑事告訴して、自分の奥さんの前の夫である栗山大三を検察に逮捕させました」

そこまでこの女性がテレビ画面から甲高い声で語りかけたところで、画面には首都産業の本社の、半透明のガラスに包まれた瀟洒《しょうしゃ》な佇《たたず》まいが映る。

「白金台です。この建物が、英子さんが、まだ栗山大三の奥さまだった当時、サンダル履きのまま駆けつけたという首都産業の本社のビルです。近くにいた人の話では、この入口の前で、二兆円の資産を有する長野さんは、長い間一人で立っていたんだそうです。タクシー代の小銭を手に握りしめて、まっすぐあちら、タクシーの来るはずの方を睨《にら》みつけていました。英子さんが現れるのを待っていたということなのです。二人は三十八年ぶりの対面でした」

「英子さんがタクシーから降りるとき、この溝の上に置かれた鉄の蓋に踵《かかと》が引っかかってピンクのサンダルの片方が脱げ落ちてしまったそうです。まるで熟女のシンデレラ物語みたいだった、というのがその場にいた方々の表現です」

そういいながら、レポーター嬢は屈《かが》み込んで側溝の上に置かれた、細長い穴がたくさん並んだ鉄の蓋を指で示す。カメラが迫った。

「先生、ひどい話じゃないかね。実際は、私は会社の玄関の大きなガラス扉の内側にいたんだよ。それに、タクシーはビルの横の車寄せに止まったから、本社ビルの前の溝なんて関係ありゃしないんだ。第一、英子は自分できちんとタクシー代を払って降りてきたのさ」

長野は我慢できなくなったのか、右手の親指に力を込めてビデオのリモコンの停止スイッチを押し込むと、私に向かって語りかけた。私はテレビの放送内容を検証するために長野と一緒にビデオを見直しているところだった。法律家である私には、テレビのレポーターと称する女性の、事が伝聞であるとハッキリとさせたしゃべり方が妙に印象に残った。しかし、長野はそんなことには構わない。

「これ一つとってもわかるでしょう。嘘だらけなんだよ」

そう長野は声を荒らげた。

「ここから『熟女シンデレラ』っていう呼び方が始まったんですか」

そう呟いた私に、長野は苛立ちを隠さなかった。

「それが、一番英子の神経を参らせているらしいんだ、その表現が」

長野の「らしいんだ」という言い方に、私は長野が英子の心理を理解はしていても、共感していないことを感じ取った。その場に英子はいない。

会議テーブルの上には、何冊もの写真週刊誌や女性週刊誌が場違いに積み上げられている。広報部長の幡沢がそのうちの一冊を開くと、説明を始めた。

「テレビはいいんです。一回こっきりだから。雑誌は残るでしょう。だから、やられる側にしてみると、いつまでも終わらない気がする。知り合いの中には、わざわざ親切ごかしに切り抜きを送ってきたりする人もいますしねえ。思わぬところでバック・ナンバーに出会ったりするし。

特にこの『週刊フェミニン』ってのが、一番質《たち》が悪いんです。このイラスト、ご覧ください」

目の前に、大きくカーブした長い、幅の広い階段を駆け降りてくる女性がいた。ウェディング・ドレスを着てベールを後ろに靡《なび》かせているが、そのベールの中の顔が目を背けたくなるほどどぎつい調子に描かれている。中でも、その憎悪に燃えてつり上がった目と大きく裂けた口とが、見る者に寒けさえ催させた。吹き出しの台詞が「あの男の首をとうとうこの銀の大皿に載せてやったよ！」と叫んでいた。右手は、銀の大きな盆を支えている。盆の上に生首が置かれ、首の主はだらしなく緩んだ口元から血を流しているが、髪形や顔のつくりから、知っている人ならどうやら栗山大三と見て取れる。左手は操り人形の紐をたくさん摑《つか》んでいる。その紐の先につながれているピノキオのような老人の男が長野ということに違いなかった。紐の先で両方の手足を大きく広げて、満面に軽薄な笑いが広がっていた。さらに、この女性の右足のハイヒールが、地面に這《は》いつくばった若い男の背中を力を込めて踏みつけていた。この若い男は細身の体に背広を着てネクタイをしめているから、昭物の社長の栗山史郎のことなのだろうと、想像できた。

　この女性が、英子だということは、どこにも書いてない。年齢を示すようにたくさんの皺が描き込まれていることを含めて、少しも似ていない。右隅に「このイラストはすべて架空のもので実際の人物その他とはいっさい関係ありません」と小さな文字が記されていた。

「英子は、こいつを仮縫い先で見てしまってね。たいていのものは、こっちで手配してあらかじめ隠しちゃって英子の目に入らないように気をつけていたんだが」

　長野が、さすがに気落ちした様子で説明してから、ぽつりといった。

「裁判に訴えて、勝ってみても、どうしようもないよなあ、先生」

　私は、英子の優しげな微笑を思い出していた。銀座の裏通りにある天麩羅屋へ行ったときの表情だった。あのときは、長野との生活にやっと慣れてきたばかりのころで、それ以前の行きがかりを振り切って、自分の人生を生きはじめている健気《けなげ》な様子が、一緒にいる者にも伝わってきた。長野も英子と二人でいることが、楽しくてならないと、口にしてもいた。

　私は、自分の心の中で、果たしてこのことに対して法律が何をできるのか、を考えていた。

（謝罪広告か。どのくらいの大きさにしてくれるかな、裁判所は。

　英子さんがパブリック・フィギュアとは思えない。とすれば、勝訴はできるだろう。問題は、賠償額が少ないことと、謝罪広告がどの程度のものになるかだな。

　いや、このひどさからいって、そもそもこの件は刑事事件として扱うべきではないのか。

しかし、刑事になれば自分の手で火に油をそそいだという結果になりかねない。そんなことが果たして英子さんにとっていいことなのかどうか）

私の考えがそこまできたとき、

「裁判になって、それでまた大騒ぎになったら、英子にとっては逆効果かもしれんしなあ」

長野が呟いた。私には返すべき適当な言葉が浮かばなかった。

14

「先生、史郎は私が殺したんですよね。あのイラストの通りですよね」

私は、私の事務所の会議室で英子と二人で会っていた。長野との会議の後、数日して英子から電話があった。「長野のいないところで、大木先生だけにお会いして、二人きりでお話がしたいんです」そういわれて、私は承知した。長野には、英子の希望通り、知らせないでいた。

「いいですか、英子さん。史郎氏は、自分で自分の人生を決めたんです。史郎氏は三十五歳の男です。自分を責めると何かネガティブな意味での心理的な解放感があるのかもしれませんが、事実は、史郎氏は自分で物事を決める能力を持っていて、その能力でもって自分の将来を決めたということです。

その結論は、私には軽率な判断のように見えます。

しかし、本当に彼にとって何がいいのかは、わからない。誰にもわからない。ハッキリしているのは、彼には彼の人生を自分で決める権利があり、彼はその権利を行使して自らの人生を決めたということです。ですから、我々は彼の決断を、何の留保もなしに受け入れるしかないんです。英子さん、あなたがあなた自身を、彼が死んだことの原因だったと責めることは、むしろ彼の人格を冒瀆《ぼうとく》することになると私は思います。何度も申しますが、彼が自分で決めたことなのです」

私は、何とか理屈を操って目の前の英子を慰めようとしていた。だから、必要以上に強い表現を使っていた。

「でも、私が栗山を捨てて長野のところへ行ったりしなければ、史郎は今でも社長をしていて、ときどき顔を合わすと『お養母《かあ》さん、お養母《かあ》さんのご亭主はたいへんな人物ですね』なんて笑いながらいってくれたはずなんです」

私は反論しなくてはならないと感じた。

「史郎氏には、昭物という会社に入らない選択もあった。昭物に入ってからも、社長にならないという選択もあったんです。どちらも、彼が選んだことでしょう」

そう私がいうと、英子はかぶりを振って、

「いいえ、私があの子に頼んで会社に入ってもらったんです。養子になることも社長になることも、迷っていました。私があの子に、『栗山にそろそろ楽をさせてやってちょうだい』といったんです」

といった。

（そういうことではない）

　私は、自分の中でかっと燃え上がるものを飲み込んだ。

「英子さん、あなたは、私が、『すべてあなたが招いたことだ。しかも、あなたはこうなるとわかっていたから、こうなることを望んで、栗山氏を捨てて長野氏に走ったんだ。そして、史郎氏は、あなたの計画通り、自殺した。あなたは、自分の手を汚すことをせずに、史郎氏の死という目的を遂げた。あなたという人はなんて恐ろしい人なんだ』とでも申し上げたら満足なんですか」

　私は、ひとことずつ区切りながら、英子の顔を覗き込むようにしつつ、話していた。

「でも、それは事実と違う。事実は、あなたは何も予想していなかった。あなたでなくとも、誰も予想できなかった。

　それに、いいですか。史郎氏は、一時は長野氏を跳ね返したんですよ。彼は彼のビジネス戦争を戦って、いいところまでいったんです。

　長野氏とのビジネスの戦いに負けたから死んだんじゃない。自分で会社の財産をかすめ取る手伝いをしていたという自覚があったから、逮捕されるという重圧に耐えきれなかったんでしょう」

「あの子は、そういう優しい子でした」

　こうしたやりとりが終わると、英子は来意を告げた。

「先生、私の遺言状を預かってください。一応、自分なりに書いてみたんですが、それで法的に有効なのかどうか、それをまず教えてください」

　そういって、和濂《わす》きの薄茶色の便箋《びんせん》に筆で書いたと思われる遺言状を、バッグから取り出して私に示した。

「長野には、別に書きます。彼には、私のほんの少しの財産なんて興味もないでしょうけど、でも、私、それを自分の子供たちじゃなくて、史郎の子供たちだけに残しておきたいんです。先生、そういうことって、できますの？」

　私は、遺言状が法的に問題がないことを告げ、それから簡単に法定相続分と遺留分のことを説明した。

「そうですか。でも、長野は私の好きにさせてくれるに決まっています。私の子供たちは、きっとわかってくれます。先生からも話して聞かせてください」

　英子は、自分の財産のすべてを史郎の子供二人に遺贈すると書いていた。英子の父親から相続した不動産が、英子の兄弟姉妹との共有で少し、それに上場株式が二万株ほどといくらかの預金だった。全部で二千万円にもならない、と一目で見て取れた。

（そういえば、結局英子は栗山大三からは財産分与を受けなかったんだ。長野が、「そんな

不浄の金、一文もいらないよ」っていっていたんだった）

「たったこれだけ」

　私が、預かった標《しるし》に遺言状を封筒に戻してから私のライティング・パッド用のホールダーに挟んで閉じると、彼女は誰にともなく、そういった。

「いったいどうしてこんなことになってしまったのかしら。

　栗山に外に子供がいるとわかってから、私、どうしたらいいのかわからなくなってしまって、良一に相談したんです。そうしたら、長野に電話するようにって熱心にいってくれましたの。ええ、あの子が大学生のころから長野に可愛がってもらっていたことは、私も知っていました。自分の方から長野に近づいた、っていってました。どうしてか、あの子、栗山とうまくいっていませんでしたものねえ。

　長野と本当に何十年ぶりかで話したとき、私はすぐには決心がつかなかったから、『もうちょっと待ってください』ってひとことといっただけなのに、長野はあんなところまで一人でどんどん突き進んでしまって。昔もそういう人だった。あの人、ちっとも変わっていない。

　私には、長野の心の中はわからない。いったい、何を考えているのか、私のことをどう思っているのか。本当に、長野の心の中に、私がいるのか、それとも、いるのは私の形をした長野の分身なのか。

先生、くどいようですけど、今日のこと、長野にはくれぐれも内緒にしてくださいますわよね」

英子は、そういいおわると、微笑んで一礼した。あの微笑を取り戻していた。

「ええ、今後十年間は遺言状を開ける必要がない、ということでしたら」

私はそういったと思う。いわなかったかもしれない。いったところで、彼女を困らせるだけだとわかっていた。

私がエレベータ・ホールまで送ろうとすると、英子は、

「お忙しいんですから、もう結構です。どうぞ、お仕事をなさってください」

そういって、辞退した。

「英子さん、私はあなたをエレベータ・ホールまでお送りして、そこでお見送りすることができないほど、忙しくはありませんよ」

私はゆっくりとそういった。

私は、長野に今日のことをいわないだろう、と思っていた。そのことは私の気持ちを落ちつかないものにしたが、私の決心は変わらなかった。

それから一週間くらいした土曜日、私がいつもより遅れて夕方になったころに事務所に着

くと、事務所に入ってまだ数カ月の後藤弁護士が、

「先生、朝がた女性の方から電話がありました。『大木はまだ参っておりません』と申し上げましたら、『何時ごろお見えになられますか』と聞かれましたので、『昼までには参ると存じますが』とお答えしました。そしたら『では、こちらの方にお電話くださるようにお伝えください』と、お電話番号とルーム・ナンバーをいただきました。午前九時十七分のことです」

と正確な報告をしてくれた。

電話番号が麻布のバロン・ホテルだということは、すぐにわかった。電話をすると、オペレーターが部屋につないでも誰も電話に出ない旨を告げる。ふと気になって在室かどうか尋ねると、答えられない、といった。私は外へ飛び出してタクシーを拾った。

麻布のバロン・ホテルは、長野が所有しているホテルの中で最も古く、いつもここが一番好きだといっているところだ。英子と一緒になってからは、最上階のスウィート・ルームの二つの続き部屋を一部屋に改装して、ときどき二人のごく親しい人だけを招いて食事をしたりしていた。私も何度か訪ねたことのある、中国の王朝風の調度で飾られた部屋だ。

この部屋のあるフロアへ行くことは、長野か英子の了解なしには、誰にもできないようになっている。しかし、私は何度電話しても部屋にいるはずの英子につながらないことが気がかりでならなかった。私は、顔なじみの総支配人を呼んで事情を説明した。

総支配人は、パリに行っている長野の許可をもらわなくては、といい張って、何度かパリへの連絡を試みてくれたが、長野はつかまらなかった。しまいに、私は彼に「英子さんは、体調が良くないからって、今度に限って長野さんと一緒にパリに行かなかったんでしょう。それを、もし英子さんの体調が悪化していて、自分からは外に連絡できないような状態だったらどうするんですか。万一のことがあったら、どういって長野氏にお詫びするつもりなんですか」といって押し切った。私は総支配人に怒鳴りつけるようにしゃべりかけながら、逆に自分で自分のいった言葉の中身に怯えた。

途轍《とてつ》もなく広い接客用のスペースを抜けて寝室に駆け込むと、英子がベッドの中で寝ていた。

「何ですの、先生？」

と、今にも起き出してきそうな気がして、私は一瞬、「ちょっとまずかったかな」と思った。

しかし、思い切ってベッドの傍らに近づくと、睡眠薬を取り出したアルミの包みがおびただしい数、ナイト・テーブルの上にきちんと並べられていた。コップの水は飲み干されている。瞳孔が開ききっていた。

長野には、私が電話をした。英子が亡くなったことを告げると、

「先生、冗談にしてもタチが悪い。そういうのは年寄りには応えるんだよ」

と、押し返そうとした。そしてすぐに、

「先生は、私にそんな冗談をいわないよな」

と小さな声で呟いた。私は、涙が止めどもなく溢れて、

「長野さん、何と申し上げたらいいか」

といった。向こうで電話が切れた。

15

英子の死から一週間もしないうちに、マスコミは彼女への興味を一挙に失ってしまった。私には、意外感はなかった。義憤をもっと感じるかと思ったが、それ以上に、意気消沈してしまった様子の長野のことが気になった。

長野には、「見るも無残」という言葉がふさわしかった。葬儀は死因が死因だったし、マスコミが関心をなくしたように見えたとはいえ、まだ取材に押しかけてくる心配もあったので、長野の意向で、二人のどちらもが知っている人間だけが参列して営まれたから、少ない人数での、心のこもった野辺の送りとなった。最後に挨拶に立った長野の言葉はしみじみと参会者の心にしみ通った。

「私は、英子を幸せにしようと思っていたのに、逆に、不幸にしてしまいました」

それから、二人で出かけたイスタンブールで夕陽が金角湾に沈むころ、揚げた小魚を中に挟んだパンを海峡に浮かんだ小舟から買って、その場で手づかみで食べたこと、そのときに一個のパンを二つに割って二人で食べていたら、漁師が「二人仲良しだね」と声をかけてきて、それで英子がとても喜んだといったことを小さな声で話した。そのときの寄り添った二人のシルエットが目に浮かぶような、しっとりとしたいい話だった。長野は「私が『僕のところへ来なさい』と英子にいいさえしなければ、彼女は死なないで今もどこかに生きていたのかと思うと」といったきり、涙で声が詰まって話ができなくなってしまった。それで何もかも終わりだった。両脇を会社の人間に抱えられながら、車に乗り込む長野の後ろ姿に、私は不吉なものを感じた。

事務所へ戻ると、秘書が留守中の電話のメモを渡してくれる。その中に、コロンビア・システミックのアンドリュー・ビショップからの電話があった。メモの「PLEASE RETURN CALL」の部分にチェックが付いている。もうコロンビア・システミック社の持っていた昭物の株はすべて首都産業側で買い取っていた。私には、何の話なのか見当がつかなかった。

翌日の午後遅く、私はビショップと事務所でミーティングをしていた。ジブラルタル・プロモーション社のことでの相談だった。ジブラルタル社は、今では首都産業からコロンビア・システミック社にすべての株が売却されていたから、弁護士としてコロンビア・システミックのためにジブラルタル社の今後のことについて相談に乗ることには、特に首都産業との利害の抵触《コンフリクト・オブ・インタレスト》はなかったが、私は念のために長野の了解をあらかじめ取りつけていた。ビショップとの電話のすぐ後に長野に電話したのだ。電話することには、英子の葬儀のすぐ後でもあって躊躇《ちゅうちょ》があったが、長野の了解なしにコロンビア・システミックのアンドリュー・ビショップと会うことはできない。

電話口の長野は、いつもの調子で、私は拍子抜けした。

「先生、あっちもこっちもで、結構結構。コロンビア・システミック、きっと黒河内蒼洋を切りたい、っていう相談だろう。いいさ。あの会社、これからも先生に面倒見てもらえるとなると、なんだか私もうれしいよ。英子もきっとそういうさ。あいつ、先生の大ファンだったからな。

先生、私は悔しいんだ。あいつは、自分の死んだ姿を最初に見つける人間がどうして私でない方がよかったんだろう。それに、なんで、よりにもよって先生なんだ。なんで私から逃げたんだろう。そう、逃げたとしか思えないんだよ。

それに、史郎の子供に財産をやるって遺言なんかして。可哀相《かわいそう》な奴だ。金がいるんなら、たとえ栗山史郎の子供にやる金だって、私は、英子がほしい、っていう金ならいくらでも出してやったのに。そういうことのために、この私は金を稼いできたんだ。その方が、史郎の子供たちだって、たくさんの金をもらえたのにな。

でもな、死に場所にあの部屋を選んでくれたから、ま、私としては英子が死ぬ直前に、私のことを思いながら死んだんだなあと慰められるような気がしているんだ。

でも、どうしてあいつ、死んだりしたんだろう。先生。先生には何か、あいつ言っていなかったかい。遺言状預かったときなんかに、どうだい？」

私が意識して触れなかった英子のことを、長野は自分から話題にした。

「長野さん、私になんか、何もわかりません。ただあの日、もし私がもっと早く事務所に行っていたら、英子さんと電話で話すことができたら、そしたら止めることもできたかもしれないと思うと、残念で、申しわけなくてならないんです」

私がそういうと、長野は、

「いや、先生、同じことだ。私にはわかる。英子は、ああいう運命の女だったんだよ。可哀相な奴だった」

といった。

(そうじゃない、英子さんは、自分の人生をやっと見つけたんだ。長野さん、あなたの付属品としてじゃない、もちろん栗山大三氏の部品でもない、自分だけの人生を)

そういう考えが、突然、私に浮かんだ。

しかし、傍観者でしかない私には、本当のところはわからない。太陽の光を反射するしかない月には、太陽がどうして自分で光を生みだすことができるのか、わかりようがないのだ。

私が黙っていると、長野は話題を元に戻して、

「先生、ジブラルタル社のこと、よろしく頼みますよ。もう私は関係ないけど、先生がやるのは大賛成だ。ただし、先生、先生に関しちゃウチが優先だってことは、コロンビア・システミックにハッキリさせといてくださいよ。コロンビア・システミックが使っていいのは、先生の空いた時間だけだって。ま、ジブラルタルと同じことをして争うようなことをするつもりはない。売却の契約書には『首都はジブラルタルとは競業行為をしない』っていうノン・コンペティションの条項が入ってるからな。

それより、今新しい話がきているんだ。そのうち島辺あたりが相談に行くと思うけど、ホテルだ。といっても一つじゃない。一度に世界中で二十からのホテルを買おうっていう話だ。英子がいりゃあ、一緒にさっそく世界漫遊に出かけたんだがなあ。一軒一日でも一月はたっぷり楽しめたんだ。それを、まったく馬鹿な奴だよ」

と、いかにも長野らしい物言いで締めくくった。

アンドリュー・ビショップは、のっけから、「親会社であるコロンビア・システミックとしては、現在のジブラルタル社の営業方針に不満なので、経営陣を入れ換えたい」と持ち出した。長野の言った通りだった。

「私たちは、大木さん、あなたの法律家としてのフェアなやり方に強い印象を受けました。ジブラルタル社の黒河内蒼洋氏を馘にするとなると、あなた個人にとっては少し嫌な仕事かもしれません。でも、あなたなら、きっと法律家として十分な、適切なアドバイスをしてくれる、と本社ではいっているのです。ぜひお願いします」

と、ビショップは、流暢な日本語で話した。

「コロンビア・システミックは、このジブラルタル社を使って、日本人のメンタリティ、日本語で何ていいますか、それを変えようと思っているんです。ジブラルタルには、今の日本の若い人たちに人気のあるアーティストがたくさん所属しています。その人たちと、契約書は今、ほとんどありません。黒河内さん、それでいいというんです。ウチの本社はそこを変えるところから始めるつもりです。

アーティストたちが後になって気がついたら、ウチのいうことを聞いて作品を発表するかしばらく沈黙するか、の選択しかないような、そういう契約を結びたいのです。他の会社では仕事のできないような、そういう内容の契約書にしたいんです。実効性のあるものにするために、何が必要か。日本の法律でできるのか。日本の裁判所でいいのか。駄目だとしたら、どういう方法がとれるのか。裁判所でなければ、どうすれば縛れるのか。

もちろん、彼らはほんの一日だって沈黙なんてできません。そんなことしたら、アーティストとしての自殺行為ですからね。

わかるでしょう、先生でなきゃならない、と本社が考えたわけが。

本社は、本気で日本の文化を支配したいと考えています。日本の若者をコントロールしたいと思っています。そのためには、どうしても優秀な弁護士がいる。先生なら、こうしたことについて、依頼者の国籍とか考え方とか目的とかで差別しないでしょう。ウチの本社は、先生が首都産業を代理したときのことで、先生の態度に鮮烈な感銘を受け、信頼感を持った、といっています。

誤解しないでください。先生が、日本のことをどうでもいいと思っているから、ということではまったくありません。むしろ、逆です。先生は、日本の法律制度を信じているから、その場限りの愛国心といったものと無縁な人のようだ、と感じたということなのです。我々外国の会社にとっては、その国に投資するについて、その国の法律以外には、結局のところ頼りになるものはありません。そして、外国の会社にとって法律の現実の具体的な姿とは、弁護士という人間の頭脳と肉体のことです」

ビショップは、日本語という自分にとっての母国語《ネイテイブ・タン》ではない言葉を操っているにもかかわらず、ひどく饒舌だった。私は、ふと、英語をしゃべっているときの自分はこういうふうに英語国民である相手に聞こえているのだろうか、と自問した。どういうわけか、どこか愉快でない自らへの問いだった。

だが、ビショップのいっていることは、私には本来喜ぶべきことのはずだ。

(どうして、こうした話をしながら、自分は居心地悪く感じているのか。相手は私のことを褒めているのに?)

不思議だった。若いころ、ある著名なアメリカ人の弁護士に、

「お前は、モウスト・アンニュージャル・ジャパニーズ(最も日本人的でない日本人)だ」

といわれたことがあった。もう二十年も前のことだ。

結局、私はコロンビア・システミックを依頼者とすることを承知した。そして、辻田弁護士を呼んだ。

辻田弁護士が私の部屋に来るまでの間、私は自問自答した。

(長野氏の件、昭物の買収を手伝って、栗山大三氏も栗山史郎氏もいなくなった。英子さんまで消えてしまった。それでも、私は今度はコロンビア・システミックのリーガル・アドバイザーになる。不連続の世界。継ぎ接《は》ぎの連続写真。いったい、この私は何をしているのか、どこへ行こうとしているのか)

その思考の作業が終わらないうちに、辻田弁護士がドアをノックする音と一緒に入ってき

た。満面に微笑みが溢れている。

辻田弁護士に概要を話すと、彼女は、

「素晴らしいですね。私もうれしいです、先生。私たち、本当にコロンビア・システミックの考えている通りですもの」

そう言った。

「そう思うかい？」

私はそう問い返したが、答を待たず次の瞬間には、辻田弁護士と依頼の中身についての議論を始めていた。二人で大きな枠組みを考えて、何人かの若い弁護士に割当《アサイン》するのだ。与えられた課題の難しさが二人に心地よい刺激になったせいか、議論はなかなか終わらず、私たちは夕食のことも忘れていた。

あとがき

やっと第三作をお送りすることができた。今回はいろいろな意味で複雑な思いでいっぱいである。

三作目は企業買収をテーマにしたものを書きたい、ということは、第二作を書いている途中からの構想だった。そして一年以上前に、もうだいたいはでき上がっていた。

それなのに、結局こんなに長い時間がかかってしまったのは、もっぱら私のせいという他ない。日本経済が置かれた困難な状況が、私にまで「北京のバタフライ」のような影響を与えて弁護士としての仕事に押されっ放しとなり、なかなか終わりに辿《たど》りつかなかったのである。仕事は会社の買収の案件を複数含んでいたから、書きつづける意欲は逆に何度も刺激され、そのたびに書きつづけることができないことで苛立《いらだ》ちが募った。今となると、自分の胃袋に詫《わ》びなくてはならないような気がしてくる。

お断りするまでもないのだろうが、小説の中の「私」は、私ではない。私の尊敬する何人かの優れたビジネス・ローヤーから創造された、想像上の弁護士である。私より年上の方もあり、遥かに年下の方もある。

長野満も栗山大三も実在しない。英子という女性もいない。断片はたくさんの知り合いの中に少しずつある。知り合いの中には、相手方も含まれている。つまり、私の依頼者の(私の、ではない)相手方だった方も含まれているのである。多くは、高度成長とともに豊かな日本を築かれた方々である。中にはすでに鬼籍に入られた方もある。そうした方々を知る機会に恵まれたのは、ビジネス・ローヤーを一日十八時間、週六日やっていることとの功徳といったところか。この小説を読まれて、「これは自分ではないか」という気がする方がいらしても、私としては、ハムレットを真似て「この天と地の間には、あなたの哲学では思いもつかないようなことが存在しているものです」と申し上げる他ない。ただし、英子についていえば、私がビジネス・ローヤーになる以前からの多くの見聞とほんの少しの体験も投影されている。「八百屋の夫婦のように、朝から晩までこの女性と一緒に暮らせたらどんなに幸福になるだろう」と、この私も思ったときがあるのだ。彼女(たち?)はまだ六十二歳になっていない。せいぜい私と同じくらいの年齢の素敵な女性(たち?)である。正確にいうと、もし私が長野と同じようにもう何十年も会っていないとすれば、今でも素敵かどうかはわからないといわなければならないことになる。もっとも、仮にそうであるとしても、会えば「少しも変わっていない（Remarkably the same!）」と私はいうに違いないと自ら考えるから、この小説になったのである。六十二歳になってから会ったとしても同じことだろうと思う。多少筋立てが凄惨であっても、しょせんは大人のお伽話《とぎばなし》と思う所以《ゆえん》でもある。

公開買付という法的仕組みは、まだ日本では一般には馴染《なじ》みがないと思う。といっても、今年じゅうには「敵対的な公開買付《TOB》」が実現するのではないか、という話が囂《かまびす》しいから、あるいはすぐに耳慣れた言葉になってしまうのかもしれない。そういうご時世なのである。

敵対的に上場企業を公開買付で買収した事例は、まだ日本にはないから、この小説では相当極端なストーリーになっていると読者は思われるかもしれない。たとえば、公の証券市場に上場されている会社を個人的な感情、それも恋愛感情の故に法的手段を駆使して乗っ取るなんていうことは許されない、そんなことは起こりうるはずがない、と。たぶんそうだろうと私も思う。大人のお伽話とは、すでにいった。だから架空の富豪を登場させたのだ。しかし、忘れないでいただきたい、敵対的買収の「先進国」であるアメリカでは、企業買収の相当部分が経営者の私利追求のために行われている、と非難されているのである。個人の恋愛感情の満足は、私利の一つではなかろうか。それに長野満以上の金持ちが現実にこの世の中に存在しているのも事実である。

付け足せば、この小説のヒーローの一人である長野満の公開買付の動機は、必ずしも本人の信じていたように恋愛感情にあったとは限らない。読者によっては別の読み方をする方もあるだろうと、作者としては期待したい。

もっとも、一つお断りしたいのは、公開買付や第三者割当という仕組みを使えば、誰でも長野のように勝利者になるわけではないということである。理由はいくつかあるが、わかっている人にはわかっているという類《たぐい》のことである。

（と、ここまで書いてきたところで、上場企業の敵対的公開買付の報道に接した。事実は小説より奇にして、現実は虚構を凌駕するということか。驚いたことに、ターゲット企業の名前まで似ているのである）

役人のことについては、いささか筆が滑りすぎたような気もするし、そんな批判は事の本質と何の関係もないような気もする。少なくとも私の友人たち、仕事の上での付き合いのある役人の方々は、どなたも職務に誠実であるようにみえる（実は、私としては、そのことにこそ問題があるような気がしているのだが）。

戦争を挟んでの日米関係について、酒に酔っての勢いとはいえ、エリート官僚たる梶浦二郎がぶちまけたところは、ある方が私に素面《しらふ》で説き聞かせたことを基《もと》にしている。その人がたとえとして引いた通り、まことに第二ポエニ戦争に負けた後のカルタゴですら、首都の周囲に今の日本のようにはローマ帝国の軍事基地を置いていなかったはずだ。そのことをどうして日本人は直視しないのだろうか、とその人は熱を込めてそう語った。以来、私は、まっすぐに見つめる努力をしている。

といって、私は政治向きの話で、私の「ビジネス・ロー・ノベル」を変質させてしまおうとしたわけではない。この小説の中にもある通り、「ビジネスのある部分に政治が絡む」と政治との関係は必然のものになるというだけだ。パソコンを売るとすればエレクトロニクスについての工学的知識は必須のものであるということと、少しも事情は変わらない。現に、小説の中には政治にかかわることを商うアメリカ人も登場している。

公認会計士の機能（の素晴らしさ）についての理解は、日本では始まったばかりのような気がする。しかし、ビッグ・ファイブが日本の建て直しにどれほど大きな役割を果たしているか、影響を与えているか、もう少し注目されてもいいように思う。

マスコミが英子を殺してしまったと感じる読者がいたら、私は反論したい。問題はマスコミにあるのではなく、それを適切に統御しない側にあるのだと。私は裁判制度の話をしているのである。もちろん、いっさい統御してはならない、というのも一つの考え方である。要は、誰が裁判官を説得することに成功するかということになるわけだ。

ビジネス・ローヤーの行動の原理について、私は大木弁護士のいうところは一方の極であるような気がしている。それでも弁護士か、という批判の思いとともに、なにもそこまで思い詰めなくても、という距離を置いての同情心すら湧《わ》いてくる。どの世界でもパイオニアはそう行動しがちなものなのだろう。しかし、吉田松陰というたった一人の人間が幕末にいなければ、二〇〇〇年に生きている日本人の一人である私の現在はずいぶん違ったものになっただろうと私は確信している。問題は、大木弁護士が松陰であるかどうかだ。しかし、それは彼が死んだ後になって初めてわかる類のことなのだろう。

大木弁護士が、最後にコロンビア・システミックの子会社になったジブラルタル・プロモーション社の顧問弁護士を引き受けるという結論は、実のところ、迷いに迷った。こうしたこと自体、つまり、過去に相手方だった会社から別の案件を依頼されることは、ビジネス・ローヤーなら誰でもよくあることである。私の場合には原則としてお断りすることになるが、事情によってはお受けすることもないではない。だから大木弁護士に関して迷ったのは「大木弁護士という私の作り出した架空の弁護士は、こういう場合どうするか？」と迷ったのである。弁護士は、そのプロフェッショナルな能力を褒められると弱いものである。ナイーブといっていい。それに、ビジネスの中身の判断は、「ビジネス・デイシジョン」であって依頼者の問題にすぎないと、居直って澄ましていることもできないではない。場合によっては、それがプロフェッショナルな義務のこともある。大木弁護士はそうしたタイプの弁護士のようだ。そう考えて、小説の中では依頼を受けている。さらに辻田弁護士には何の迷いもない。世代の差、時代の流れ、というつもりである。

しかし、大木は死の床で、そのことを後悔しないのだろうかというのが、実は私の疑問なのだ。大木弁護士はそうなっても相変わらず、日米両国での「法の支配」の価値を信じつづけ（BELIEVE IN）ているのだろうか。

たぶんあの男ならそうだろうと思う。最高裁判所に違憲立法審査権がある以上、悪法も法じゃないか！　と辻田弁護士と議論するのだろう。私自身？　私がどう思っているかは重要ではない。

最後に（ただし最小ということでは決してありません）、今回もこの小説を原稿の段階で読んでくださったある方には、お立場を考えてあえてお名前を挙げませんが、感謝の言葉もないという気持ちでいることを、この場を借りて申し上げます。忙しいあなたの親身なご協力なしには、この物語は完成できませんでした。

私が今働いている事務所のみなさんにも、改めて感謝します。私を、すべてではないにしても多くの日曜日について仕事から解放してくださったのは、みなさんです。

幻冬舎の芝田編集長は、今回の私の砂糖菓子作りを見て見ぬふりしてくださいました。いや、本当はじっくり見ていらしたのでしょう。私が予定したよりも甘さが減っていて、食べやすくでき上がっているようですから。どちらにしても、いつもながらありがとうございます。

そして、この本を手にとってここまで読んでくださったあなたへ。もしあなたがほんの少しでも楽しい時間を過ごしてくださったなら、私は深夜、書斎のドアを後ろ手に閉じて一人小さくこう叫びたいと思います。「俺も捨てたものではない！」

二〇〇〇年一月吉日

牛島　信

文庫版あとがき

作品が世に出て三年になった、ついては文庫にいれてやろうというありがたい申し出をいただいた。作者冥利に尽きることである。版元と共に一人でも多くの方が読んでくださることを願うや切である。

この三年は、公私共に長い三年であった。私は今五十三歳になっている。作中の大木弁護士と同じ年齢である。

この作品は誕生の時から数奇な運命を辿《たど》るように定められていたところがある。まず、この作品が出版される直前に昭栄という上場会社への敵対的な公開買付が起きた。その買付に失敗したファンドは、次に東京スタイルへの委任状合戦を始めた。どちらもこの三年内のことなのだが、ずいぶん昔のことのような気がする。私自身もある依頼者のために敵対的な買収の寸前まで作業を進めた。法令上の不整備が障害になって日の目を見なかった計画だったが、それも今では一挿話に過ぎない。

私が予測したほどには、敵対的な買収は日本ではまだ起きていない。しかし、メインバンクの崩壊、持ち合い株式の激減、機関投資家の行動原理の変化、そして何よりも企業とそこに働く人間の関係の不可逆的な変化が、その到来を必然のものとしていると思う。不可逆的な変化とは、一言でいえば忠誠心の剝落《はくらく》である。株主中心の経営が称賛され、人減らしがいわれ、賃下げが現実のものとして議論され、内部者の通報が奨励される時代なのである。どうして従業員に会社への無限定の忠勤を期待することができよう。変化は双方向的である。

変わっていないのは、日本の対米追随だろう。小さいことをいえば、私が働いている分野でも会社法の改正が目まぐるしくなされた。今年の六月には、取締役の選任権を社外取締役が握っている「委員会等設置会社」というタイプの株式会社が、巨大企業の中にいくつも生まれそうである。時勢である。大きなことについていえば、日本の外での戦争についての問題がある。外での、と書いた。しかし、すべてが外で終始するのかどうかは、実は誰にもわからない。

しかし、実のところ、以上のことはフリルに過ぎない。

長野満も栗山大三も、大木弁護士もみんないなくなる。自分で死んでしまった英子との違いは五十歩百歩だろう。

私はこのあとがきをニューヨークのホテルの一室で書いている。五番街を歩きながら「五番街のマリー」という歌を口ずさんでも、隣にいる若い弁護士は聞いたことがないという。三年前のこの季節にも私はニューヨークにいた。もっと前にもニューヨークにいた。日本の会社が買い取ったロックフェラー・センターの前にあるアイス・スケート・リンクを一緒に眺めた日本人の公認会計士の方は、もうこの世にいない。もっと昔、まだワールド・トレード・センターがあったころにその何十階かに訪ねた大学時代の友人も、いなくなってしまって久しい。

私もいずれいなくなる。「私がどう思っているかは重要ではない」と私は単行本のあとがきに書いた。その感慨は、今回も変わらない。もちろん、その前置きには「世の中は変わっていくだろうが」という認識がある。

この小説の中では公認会計士が重要な舞台まわしを務めている。現実のビジネスがそうだからである。だとすれば、このあとがきの中でエンロン事件に触れないわけにはいかないだろう。現に三年前には「ビッグ・ファイブ」といったのが、今は「ビッグ・フォー」といわれる。監査とコンサルティングの分離の問題はエンロンの前から存在していて、分離論者の方が旗色が悪かったのである。それがエンロンで変わった。過度に、といってもいい。監査業務だけに縛られることになったプロフェッショナル集団が今後どんな成長をしていくのか、私は注目している。

成長といった。人が成長すべきことを人々は当然視しているようにみえる。人の組織についてはもっとそうだろう。それは人間の唯一のありかたなのかどうか、中世のヨーロッパや江戸時代の日本はどうだったのか。デフレの時代だといわれている。このことも、他人事《ひとごと》とは思えないような気がしてならない。

最後に。

このあとがきまで読んでくださった読者の方へ、改めて感謝申し上げます。こと志に反して、私は必ずしも多作の作家ではありませんが、それでも読んでくださる方がいればこその仕事です。漱石が『こゝろ』の中の先生をしていわしめている言葉、「記憶して下さい。私はこんな風にして生きて来たのです」という一言は、いつも私を鼓舞します。

二〇〇三年二月吉日　　牛島　信

解説

渋谷和宏

本書を読み終え、ラストの余韻に浸っている読者の方々には少し申し訳ない気もするのだけれど、ぜひとも一つだけ質問させていただきたい。

あなたはこの企業法律小説を、いまの日本の企業社会に起こり得るリアリズムの小説として読んだだろうか。それとも著者が「あとがき」で書いているような「大人のお伽噺《とぎばなし》」、あるいは「これから起こるかもしれない近未来の物語」として受け止めただろうか。

これはあくまでも想像なのだが、後者の読み方をされた読者は決して少なくないのではないだろうか。この作品のプロットや、プロットの推進力になっている買収者《アクワイアラー》の動機は、日本の企業社会の常識に照らし合わせると、かなり突拍子のないものに思えても仕方がないからだ。

主人公の辣腕《らつわん》弁護士、大木は、一代で百五十社から成るグループ企業を築き上げた六十五歳の経営者、長野満から奇妙な相談を持ちかけられる。かつての先輩で、いまは犬猿の仲である大物財界人、栗山大三の妻を奪いたいというのだ。依頼はそれだけにとどまらない。

「私はね、先生、あの男をビジネスマンとして二度と立ち上がれないようにしたいんだ。男と生まれて、実業の世界に足を踏み入れて、今の成功に酔いしれている男に、ビジネスの世界に入ったことを心の底から後悔させてやりたいんだよ。わかるかい」。

こうして、長野の意を解した大木は、栗山への株主代表訴訟や、栗山が率いる昭和物流機械製造（昭物）への敵対的買収など、あらゆる法的手段を使って栗山の社会的抹殺を試みる――。

そんな物語を読み進みながら、読者の多くはきっとこう思われたに違いない。企業経営者、それも一代で巨大グループ企業を築き上げた起業家が、私怨《しえん》から敵対的買収を仕掛けるだろうかと。私情に流されず、常に冷静かつ合理的に意思決定をしようとする姿勢こそ、経営者の経営者たるゆえんではないのかと。

著者自身、そうした疑問が出ることを予想していたとみえて、「あとがき」にこう書いている。「敵対的に上場企業を公開買付で買収した事例は、まだ日本にはないから、この小説では相当極端なストーリーになっていると読者は思われるかもしれない。たとえば、いったい、公の証券市場に上場されている会社を個人的な感情、それも恋愛感情の故に法的手段を駆使して乗っ取るなんていうことは（中略）起こりうるはずがない、と。たぶんそうだろうと私も思う」。

しかし、僕にとって、これはとてもリアルな企業法律小説である。大人のお伽噺、近未来の小説という読み方もわからないではないが、それ以上に、この小説の設定やエピソードや登場人物の動機に、現実の企業社会で起きていることが二重写しになって見えてしまうのだ。だから、こう言わせてもらおう。この企業法律小説は「リアルでジャーナリスティックなお伽噺」なのだと。

まず、買収者の動機からして、実はかなりリアルである。

私事で恐縮だが、「日経ビジネス」の記者として、これまでに多くの経営者にお目にかかる機会を得た。その経験を通して、一見、合理的なモノサシによってなされたかのような経営者の意思決定にはしばしば、怒りや見栄など、とても人間的な感情が隠されていることを知った。

例えば……そう、ヤマト運輸が宅急便によって物流に革命を起こすことができた原動力の一つだ。それは実は小倉昌男元会長の怒りだった。一九七九年、ヤマト運輸は最大の顧客である三越の配送業務から撤退し、人やトラックなどの経営資源を宅急便に集中させた。その決断に踏み切らせたのは、三越元社長の岡田茂氏への激しい嫌悪だった。

一九七二年に社長に就任した岡田氏は、取り引きのある業者に三越の商品を押し売りした。ヤマト運輸も例外ではなく、高価な家具や時計、別荘地などを次々に買わされたという。そればかりか、一九七四年には配送料金の引き下げや、三越流通センターに停めているトラックの駐車料金の支払いなどを要求され、小倉氏はついに切れた。

「もちろん、三越出張所がただ赤字に陥ったというだけだったら、長年の取引先である三越との契約を見直そうとは思わなかっただろう。収支というのはときにはより良くも悪くも変わるものだからである。けれども、岡田社長のやり方は許せなかったし、パートナーとして一緒に仕事をするのはもはやまっぴらであった」。小倉氏は著書の『小倉昌男 経営学』（日経BP社刊）に未《いま》だに憤懣《ふんまん》やる方ないといった調子でこう書いている。

また、西武セゾングループ元代表の堤清二氏が、一九八八年に英国のインターコンチネンタル・ホテル・コーポレーションを二十一億五千万ドル（約二千八百八十億円）で買収した動機にも、西武鉄道グループの総帥でプリンスホテルを全国に展開する異母弟、堤義明氏へのライバル心が潜んでいたはずだ。当時、堤清二氏の側近が洩《も》らした言葉を今でも忘れられない。「うちがインターコンチネンタル社を買収したと知ったとき、義明さんは地団駄踏んで悔しがったそうですよ。それを代表（堤清二氏）に話したら喜んでいました」。

企業経営者は、とりわけ起業家は、一人の例外もなく情熱家である。堤清二氏みたいに感情の起伏が激しい人はもちろん、小倉氏のように冷静で温厚な人でも、胸のうちには熱い血がたぎり、物事を簡単に諦《あきら》めない執着心をあわせ持っている。

だから、一人の女性を三十八年間も待ち続け、その失われた時間を取り戻そうとでもするかのようにライバルに闘いを挑む長野の人物造形は、起業家の本質をリアルに浮き彫りにしていると言っていい。そして、その長野の実在感が、この小説に深い陰影を投げかけ、ラストの惨さをいっそう際立たせているのだ。

リアルなのは長野だけではない。敵役である栗山の人物造形もまた、日本企業のサラリーマン経営者、それも中興の祖と呼ばれる実力者の堕落を実に的確に描いている。

「ちょっとした機械工場の域を大きく出るような会社ではなかった」という昭物を、「世界的にみても対等に競争する力のある会社は見当たらないほどの優良会社」に育て上げた栗山は、いまや愛人の父親を系列会社の社長に据えてしまうなど公私混同がはなはだしい。それどころか、子会社に支払っているオフィスの賃貸料を水増しして、その分を不正に自分のポケットに入れている。

かつて青雲の志を抱いた有能なビジネスマンがそこまで変わるだろうかと思われる読者も

いるかもしれない。しかし、残念ながら、栗山のような存在は日本企業には珍しくない。先述の三越元社長の岡田茂氏はその代表だ。ほかにも、実名は出せないけれど、公私混同の目立つ実力会長や相談役の名前を僕はたちどころに数人、挙げられる。

中興の祖がしばしば老醜をさらしてしまうのは、本人のモラルに加え、日本企業のコーポレート・ガバナンス（企業統治）のあり方に問題があるからだ。一九八〇年代にトップの暴走による不祥事や業績の悪化などに直面した米国企業は、一九九〇年代以降、「株主総会によって選任された取締役会が、株主の立場を代表して経営者の経営を監視する」という企業統治のあり方を確立した。トップが企業を私物化しようものなら、取締役会によって即刻、解任させられてしまうシステムが出来上がったのだ。

しかし、日本企業では取締役会はトップの方を向いている。社長が代表取締役を兼任することもごく当たり前だ。これでは実力のあるトップへの監視機能は働かない。しかも、日本企業の場合、社長への報酬が欧米の企業ほど高くはないので、「この会社が今日あるのは誰のお陰だ」という思いの強い社長ほど、会社を私物化しがちだ。

付け加えれば、主人公の弁護士、大木は米国企業のコーポレート・ガバナンスのあり方を巧みに利用して、伏兵として登場した米国の投資ファンドを味方につける辣腕ぶりを発揮する。しかし、これについては、もしかしたら、この解説を先に読まれている読者もいらっしやるかもしれないので、興味をそがないためにも、書くのはやめにしておこう。

　この小説がリアルであること、その極めつきはハードカバーの出版とほとんど同時に起きた。二〇〇〇年一月、東京証券取引所二部上場企業に対する敵対的な買収が行われたのだ。しかも、著者が「あとがき」にも書いている通り、この日本初の「敵対的な公開買付《TOB》」はターゲット企業の名前まで似ていた。

　読者の方々も、覚えているのではないだろうか。仕掛けられたのは不動産事業や電子部品の製造を手掛ける昭栄、仕掛けたのは、村上世彰社長が率いる企業買収会社、エム・エイ・シー（ＭＡＣ。村上氏は現在、Ｍ＆Ａコンサルティングを率いる）である。

「昭栄は保有する経営資産を有効に活用しておらず、株主の期待に応えていない。私が経営権を取得して利益を高め、配当を増やして株主価値の最大化を図る」と村上氏が昭栄の経営陣に真っ向から挑んだ闘いは、結局、村上氏の敗北に終わった。昭栄の株価が公開買付価格を上回ったこともあって、ＭＡＣには発行済み株式数の六・五パーセントしか集まらず、村上氏は経営権を取得できなかった。しかし、結末はともあれ、昭栄の買収劇は、小説の描いた企業社会がまさに現実のものであることを物語っていると言えるだろう。

　現実が小説をなぞることと、小説それ自体の価値とはもちろん別である。しかし、この小説については、それも重要な手柄の一つだと思う。現職の弁護士として、企業の法律問題を日々手掛ける著者にしか、なし得ないことだからである。

――「日経ビジネス アソシエ」編集長

この作品は二〇〇〇年三月小社より刊行されたものです。

買収者《アクワイアラー》

牛島信《うしじましん》

平成15年4月15日　初版発行
平成18年7月20日　4版発行
発行者——見城徹
発行所——株式会社幻冬舎
〒151-0051東京都渋谷区千駄ヶ谷4-9-7
電話　03(5411)6222(営業)
03(5411)6211(編集)
振替00120-8-767643
印刷・製本—中央精版印刷株式会社
装丁者——高橋雅之

幻冬舎文庫

ISBN4-344-40337-1　C0193　う-2-3